JUEGO

Octávio Viana

© 2025 OCTÁVIO VIANA | SILENT PEN ®
JUEGO

Publicado en EE. UU. y UE
Primera impresión 2025 (1.ª edición)
Referencia Interna SP2025.05 | 19.11.2025 | 18:21
silentpenltd@gmail.com

Todos los derechos reservados. Ninguna parte de esta publicación puede ser reproducida, distribuida o transmitida de ninguna forma ni por ningún medio, incluyendo fotocopia, grabación u otros métodos electrónicos o mecánicos, sin el permiso previo por escrito del editor, excepto en el caso de breves citas incorporadas en análisis críticos y algunos otros usos no comerciales permitidos por la ley.

A quienes juegan — incluso sin saber las reglas.
A quienes entran en la habitación
sin saber si están siendo filmados.
A quienes dicen "te amo" con miedo de estar citando un guion.

A quienes se dejan atravesar por ciudades
como si fueran puñales lentos.

A quienes amaron a alguien que al final era personaje.
A quienes oyeron un "vuelvo ya" y se quedaron a vivir en una frase.

A quienes dudaron de la memoria, de la cinta,
del cuerpo y de la lengua.

A quienes no buscan la verdad
— sino lo que queda después de ella.

Este libro no es mapa, ni brújula, ni explicación.
Es herida abierta. Es truco mal disimulado.
Es abrazo tras la huida.

Permaneced.
Sed disfraz.
Sed código.
Sed nombre falso que ya no quieren cambiar.
Sed cicatriz que se ríe del bisturí.

Porque quien ama de verdad, engaña.
Y quien engaña bien, ama mejor.

Para vosotros, que jugasteis sin aviso.
Para vosotros, que fuisteis peones y reyes en el mismo tablero.

Fui. Fui yo. Y fui otro.

JUGUÉ.

Prólogo

Cádiz, antes del resto.
06 de mayo de 2025.
Aterricé en Sevilla temprano, demasiado temprano, con el sabor amargo de las horas cortas de sueño y el gusto anestesiado del café mal bebido en el aeropuerto. Recogí el coche de alquiler en el mostrador de la rent-a-car — tantas veces repito este gesto, que quizá ya mereciera comprarme un vehículo propio, aunque fuera viejo, como un zapato cómodo que aceptó la forma de unos pies torcidos.

La carretera hacia Chiclana era una arteria seca que rasgaba Andalucía hacia dentro, flanqueada por alcornoques despeinados y campos amarillos, casi hostiles bajo la luz blanca que anunciaba un verano tímido. Me sentía gastado, exhausto como quien ha usado demasiado una misma ropa y me di cuenta de que llevaba conmigo solo una maleta pequeña, ligera, con ropa interior, casi desprovista de cualquier pasado del que quisiera acordarme.

Llegué a la casa — un refugio frugal y silencioso, al final de un camino de tierra que se atraganta antes de la playa — ya después de la hora del almuerzo español. Una hora robada al reloj portugués, pequeña traición a la que nunca me acostumbro, como si el tiempo pudiera tener nacionalidad o pena. Lancé el equipaje a un rincón del cuarto, sin abrirlo y sin deshacer el triste orden de la ropa doblada por costumbre. No me senté. El espacio no me pidió que me quedara.

Volví al coche. Arranqué sin hambre hacia Cádiz, sintiendo que, en ese instante, necesitaba la ciudad como un pulmón de oxígeno en medio de la asfixia. Paré junto a la Playa de La Caleta, en cualquier sitio sin placa ni línea marcada, que podía ser aparcamiento o abandono. A lo lejos, el Castillo de Santa Catalina parecía antiguo... era antiguo... e impasible. A mi alrededor, los turistas giraban en bandadas, exclamando frases que se atropellaban, con móviles en la mano y google maps como si el lugar pudiera entenderse por líneas y símbolos.

Fui andando hasta La Viña, al café que ya es mío por complicidad distante, el La Clandestina. El dueño me reconoció con ese leve levantar de barbilla — un saludo sobrio y seco al portugués, yo, hecho de respeto de clientela y no de cercanía.

Dentro, muebles desiguales y libros envejecidos disputaban espacio con cuerpos lentos, charlas arrastradas en español o inglés mal pronunciado. Me senté, como casi siempre, en la terraza. Había olores cruzados en el aire: el mar infiltrado en la ropa y la piel, la grasa dulce y avinagrada del cazón en adobo y las migas saladas de las tortillitas. El barrio marcaba el ritmo en un ruido controlado — el timbre de los niños descalzos que corrían sobre las piedras calientes, las mujeres que reían en ventanas abiertas al viento leve y los viejos que susurraban palabras que ya no tienen traducción.

Pedí huevos revueltos, para acompañar una caña helada en botella, aunque odio la cerveza. Siempre lo hago en Cádiz. Solo bebo el primer trago, amargo y desagradable, como penitencia o recuerdo, y abandono el resto al calor y a la espuma muerta.

Abrí el portátil. Crujió la bisagra, aún nueva y con poco uso, como si fuera su protesta contra otro intento de escribir lo que nunca se alcanza. Te escribí entonces, Cádiz, antes del resto.

Te escribo ahora como quien habla con un amor clandestino, imposible pero inevitable. Ciudad ambigua, elegida entre otras por mi capricho de momento o de memoria — Portugal cuando el silencio me pesa, Italia cuando necesito la belleza cruel que castiga, Francia cuando el lujo y el ruido me anestesian. Pero siempre vuelvo aquí, a ti, para nuevos comienzos, porque tienes algo que casi me pertenece, sin poder llevármelo nunca conmigo.

JUEGO

Hoy dormiré solo. No me cuesta — estoy hecho de ese vacío cómodo, de ese silencio que no pide explicaciones. Pero mañana será diferente. Mañana... Cádiz, quizá tu mar me devuelva la sal que me falta, quizá una boca caliente contra la mía me caliente, quizá las manos de alguien que espero dibujen un mapa de placer en mi piel. En ese momento, empieza este libro.

Entonces este será un libro sobre esos viajes en los que FUI (y me quedé), donde quedarse fue un acto voluntario y no doloroso, fue un gesto de coraje y no de rendición. Porque viajar es dejarse robar un poco, es consentir que algo de lo que somos se quede atrás, pegado al suelo o a la memoria, aunque después, inevitablemente, tengamos que irnos.

***

1

Ella Llegó
Chiclana de la Frontera, 07 de mayo de 2025

Desperté antes del sol. Todavía oscuro. El aire olía a piedra fría y salitre húmedo. El sonido del mar, allá al fondo, rozaba levemente el silencio.
Había dormido bien. No recordaba la última vez que había dormido así — entero, sin sueños, sin interrupciones y con el cuerpo hundido en las sábanas como si fueran arena caliente.
Me levanté sin prisa. Pasé por la casa en silencio, aún con el cuerpo medio doblado por el sueño y dejando que el suelo frío me mordiera los pies antes de encender cualquier luz. En el espejo del baño, me vi con una ligereza rara — los ojos limpios, vivos, con su marrón ya sin herrumbre, casi oro viejo, casi vidrio. Era yo. O algo parecido.
Me duché despacio — agua caliente, bien caliente, manos firmes, jabón crujiendo en la piel. Rasqué el olor de la noche de las axilas, de los huevos, de las orejas y de la nuca. Me sequé con la toalla que ella decía que olía a moho. Que huela, joder. Me puse los pantalones de lino beige, esos de bajo corto, apretados en las ingles, abandonados hace meses sobre una silla del cuarto. La camisa color barro, abotonada a despropósito — era la que ella adoraba, o al menos la que ella señalaba con los ojos cuando yo no estaba haciendo el

ridículo. Me vestí como quien se prepara para ser visto. Por ella. Solo por ella. Ni me peiné.

La casa aún respiraba despacio, pero yo ya sentía la mañana pegándose al cuerpo. El cielo empezaba a aclarar detrás de los naranjos y había una brisa fina atravesando las ventanas abiertas, trayendo el olor a limón y sal seca.

Salí. El camino hasta el mercado era corto, pero suficiente para despertarme. Los neumáticos crujían sobre la grava como palomitas viejas. Aparqué mal, como siempre. El pescado llegaba temprano y yo quería el mejor — no el más caro, el más vivo. Besugos tensos, doradas de piel dura, ojos saltones aún reflejando la luz que empezaba a imponerse. Había un pulpo flaco, con las ventosas todavía húmedas. Compré lo que necesitaba sin discutir precios. La pescadera me lanzó un "buenosdías, guapo" sin convicción. Asentí con un gesto y seguí.

En la panadería, el olor a pan era casi pornográfico. Elegí una barra crujiente, de corteza irregular y miga húmeda, aún tibia. Mordí una esquina en el coche, sin ceremonia. Después las verduras — cebollas, pimientos, judía verde aún con tierra. Metí todo en una bolsa limpia, de tela fuerte, con un logotipo bonito de un festival de jazz: azul oscuro, letras elegantes, una figura de saxofón en negativo. La guardaba por la estética, no por el recuerdo.

Volví antes de las ocho. La casa me esperaba como un perro fiel. La fachada blanca, áspera, tocada por la sal, seguía pareciendo una ruina — pero era una ruina mía, elegida. Y la terraza... la terraza era el corazón. Ancha, descarada, con vistas al mar al fondo y un cielo que se quería entero.

Aquella mañana había tres naranjas en el suelo. Solo las recojo después de que caen. Nunca las cojo del árbol. Me gusta verlas ahí arriba, en los árboles — el naranja vivo contra el verde mojado de las hojas. Por eso las dejo estar. Cuando el árbol las suelta, entonces sí, son mías. Hasta entonces, no me pertenecen.

El fogón de gas estaba en la esquina, de boca ancha y llama bruta. La paellera, negra y grande, ya esperaba en su sitio, con marcas de viejos guisos grabadas en el metal. En esa cocina exterior, donde el aire traía la brisa marina de la marea baja y un resto de pescado seco en alguna junta de la playa, empecé a preparar todo con calma. El vino blanco reposaba en la nevera, envuelto en un paño mojado.

Ella llegaba ese día. Iba a recogerla a Sevilla. Todavía tenía tiempo.

Fui a buscarla sin prisa. Aún la mañana no había estallado del todo cuando arranqué rumbo a Sevilla. La carretera, seca y recta, parecía estirada a la fuerza, sin paciencia para curvas. Puse música — algo antiguo, instrumental, solo para hacer fondo — y dejé que el volante me llevara como quien lleva un animal ya domesticado.

El aeropuerto estaba casi vacío. Ella apareció en la puerta de llegadas con la misma maleta enorme de siempre, como si fuera a mudarse dentro de mí por unos días. Llevaba gafas de sol, el pelo suelto, un vestido ligero golpeándole las piernas como olas cortas. No necesitó decir nada. Sonrió y esa sonrisa era más que todo, más que cualquier palabra. La besé en la mejilla. Luego en los labios. Dije algo neutro, ella respondió en un tono arrastrado, suave — los dos evitando el peso de las primeras frases.

Y entonces, sin aviso, sin preámbulo, la besé de nuevo. Le agarré la cara con las dos manos, sin ceremonias, y la besé como si fuera a devolverle el alma por la boca. Un beso entero, hondo, sin vergüenza. Sin acuerdo previo. Un beso que se da y ya está. Ella no retrocedió. Se apoyó. La maleta cayó. Un sonido seco en el suelo. Sus manos me subieron por la espalda como quien sube una sábana al cuerpo. El beso duró demasiado. Se pasó de punto. Alguien tosió detrás. No paré.

De camino de vuelta, ella habló poco. Se limitó a apoyar la cabeza en el cristal, como quien observa el mundo sin querer entrar en él. Yo la dejé estar. Me gusta su silencio cuando no lo usa para alejarme.

Al llegar a la casa, ella entró como si nunca se hubiera ido. Se quitó los zapatos, dejó la maleta apoyada en la pared y fue directa a la ducha. Siempre hacía eso: aterrizar, posar, desnudarse y desaparecer bajo el agua caliente como si hiciera falta borrar el vuelo. Yo me quedé en la terraza, removiendo el arroz, ajustando el fuego, saboreando el olor del caldo espesando. Era mi manera de rezar.

Cuando volvió, venía descalza, aún húmeda, con un vestido azul claro que no usaba hacía mucho. Tenía la piel morena, tensa y los ojos descansados. Sonrió al ver la mesa puesta. Dijo que estaba bonita. Luego corrigió: "Está perfecta." Me tocó el hombro al pasar. La mano se quedó un segundo de más, lo suficiente para decir: estoy aquí.

Le serví vino. Blanco, seco y con una acidez casi imperceptible. Bebió despacio. Yo también. El sol ya pegaba de lleno en la terraza, y el sonido de las gaviotas era solo telón de fondo.

— "Huele a casa," dijo ella. Y luego se calló.

Después de comer, dejamos los platos sin lavar. La mesa quedó allí, desordenada. El calor no apretaba, se instalaba. Unos 20 grados — temperatura de sangre tibia y de piel sin defensa. Nos tumbamos en las tumbonas de lona y acacia seca, ya rajada, a la sombra de la tela cruda que yo mismo había estirado sobre la estructura de madera, con cuerdas de barco y dos ganchos de pescador. El viento venía en soplos cortos, tibios y con olor al mar distante.

Ella se quitó el vestido de un solo gesto. Lo hizo con la naturalidad de quien no necesita seducir — pero seduce siempre, incluso cuando respira. Se quedó tumbada de lado, en bragas negras, con la espalda desnuda bebiendo la luz filtrada. Me miró por encima del hombro, como quien se entrega por provocación.

— "¿Me pones el protector?"

Lo dijo sin voz. Casi solo con los labios.

Cogí el envase medio aplastado y vertí un hilo espeso en mis manos. Lo apliqué despacio, empezando por los hombros, luego los omóplatos y después en la curva de la columna. Su piel reaccionaba como si tuviera sed. No habló. Cuando le toqué las caderas, arqueó ligeramente, solo lo suficiente para abrir espacio.

Me incliné. Le besé la base de la espalda y luego fui bajando. La boca, húmeda y lenta, dibujó caminos entre sus músculos. Se abrió, llevó sal, llevó olor... lo llevó todo. La sentí vibrar por dentro. Un sonido breve se le escapó entre los dientes. No era gemido — era otra cosa. Una petición.

Se giró. El vaso que estaba apoyado en el brazo de la tumbona cayó y se hizo añicos en el suelo de baldosas, pero ninguno de los dos reaccionó. El mundo podía arder y no nos arrancaba de allí. Sus piernas se abrieron como si hubieran estado esperando desde siempre. Llevé la boca hasta el centro. Lentamente. Una lentitud provocadora y al mismo tiempo casi sagrada. Ella me agarró el pelo, luego soltó. Jadeaba. Dijo mi nombre como si fuera casi un grito.

Se incorporó de un impulso, empujó platos y vasos al suelo de un solo gesto y se tumbó sobre la mesa del almuerzo. La madera aún estaba caliente, con restos de arroz y vino. Entré en ella con fuerza. Ella clavó las uñas en el borde de la mesa, se mordió el antebrazo para no gritar— aunque podía hacerlo. Las gaviotas se callaron. El mar quedó fuera.

Al final, nos quedamos allí. Desnudos, pegados, con las marcas de los cubiertos en los muslos y el olor de nuestros cuerpos sudados aún en el aire. Ella se giró de lado, con los ojos entreabiertos.

— "Hacía mucho tiempo que no era así," dijo.

Pero no especificó el qué. Ni yo pregunté.

La tarde pasó por nosotros como un perro viejo cruzando la calle: lenta, resignada y sin prisa por acabar— como son todas las buenas tardes. Dormitamos en la terraza, desnudos, cubiertos solo por sombras móviles y el olor dulce de las naranjas. El vino se acabó despacio. El sol cayó tras el muro blanco de la casa, donde las golondrinas rayaban el cielo en espirales cansadas.

Ella entró en la casa. Yo me quedé. Solo levanté el cuerpo cuando el teléfono vibró en la esquina de la mesa, entre una botella vacía y los restos de una servilleta arrugada. La pantalla se encendió con un nombre que no veía hacía meses. Un nombre que aún sabía a risa falsa y pequeños escándalos.

— "Te echo de menos. ¿Aún piensas en mí?" decía.

Lo leí dos veces. Borré. El gesto no tuvo peso. No había culpa — solo una especie de asco. Cerré los ojos. El sonido de la ducha resonaba dentro de la casa, luego el ruido del armario, una cremallera corriendo, el tintineo breve de pulseras o cinturones. Ella aún no lo sabía. Ni le hacía falta. No era ese tipo de mujer. Ni yo ese tipo de hombre — no ese día— que estaba perfecto.

Al final de la tarde, ella me arrastró a la cocina exterior. Llevaba un pañuelo atado a la cabeza, mal sujeto, los cabellos rubios escapándosele por las sienes en rizos sueltos. Los pies descalzos, las uñas perfectamente pintadas de rojo vivo y la piel aún marcada por la mesa. Estaba preciosa. No de una forma obvia, sino con ese esplendor invisible que ciertas mujeres irradian cuando dejan de vigilarse.

Empezó a cortar cebollas con un cuchillo pequeño, sin prisa. El delantal blanco, prístino, atado a la cintura, una copa de vino medio llena al lado y alguna música saliendo del móvil — jazz lento, voz ronca y ritmo discreto. La luz era tenue. El olor del ajo empezaba a subir.

Cogí el portátil. El de siempre. La bisagra crujió.

— "¿Tienes trabajo?" preguntó, sin girarse.

— "No," respondí. — "Estoy inmortalizando."

Ella sonrió. Siguió cortando.

Y yo escribí. Escribí este capítulo.

***

2

La Misión
Tánger, 08 de mayo de 2025

Chegamos temprano. Calles estrechas, paredes caídas y piedras gastadas por siglos de suelas y ruedas, que resbalaban bajo los pies como si pusieran a prueba la decisión de quedarse. Aparqué mal, otra vez. En un sitio prohibido, en un codo de acera sin salida, entre dos contenedores rebosando. El aire olía a calor y mierda. Una pared tenía un grafiti de eslóganes en árabe y fechas tachadas. "عيش، حرية، كرامةإنسانية", decía uno. Me parció justo. *Pan, Libertad, Dignidad Humana* era lo que significaba, el lema de la Primavera Árabe.

Un gato flaco asomó detrás de una caja de fruta podrida. Se lamió las patas como si el mundo no le importara. Me miró. Luego me ignoró.

Ella aún venía volcada en el sueño, con la cabeza caída contra el cristal, los ojos sin abrir y la boca ligeramente entreabierta como quien aún saborea un sueño inconcluso. Se había dormido en cuanto zarpó el *ferry*, como si el mar meciera el agotamiento. Solo despertó cuando bajé de la rampa, ya en tierra, con un golpe seco, y miró alrededor sin entender si estábamos en un país nuevo o en algún intervalo entre el origen y el destino.

Le dije:

— "Llegamos."

Pero ella no respondió. Abrió la puerta despacio. Luego salió. Se quedó allí parada, con el viento moviéndole el vestido ligero, oliendo el aire como si buscara algo pero sin saber bien qué. Yo tampoco dije nada más. Fui a buscar las mochilas al maletero, bolsas desparejadas con ropa, sobres y una pequeña caja sin abrir. La ciudad delante de nosotros no pedía palabras. Pedía coraje. O huida.

Entramos en un callejón que no estaba en el mapa. Ningún mapa muestra lo que se esconde. Parecía solo un atajo entre dos edificios huecos, pero ya era Tánger abriendo las piernas. Un crío apareció de la nada, pie descalzo, ojo desorbitado, vendiendo caramelos o pidiendo monedas — imposible distinguir. Dijo "*bonjour, monsieur*", como si la miseria tuviera etiqueta. Lo ignoré. Ella metió la mano en el bolsillo, sacó una moneda blanca, se la dio. Él sonrió con la mitad de los dientes y desapareció.

Subimos la calle, donde ropa colgada entre ventanas temblaba como banderas de naciones fallidas. Una mujer espiaba detrás de una cortina de encaje amarillento. Nos vio. Hizo como que no vio. Seguimos. A la derecha, una carnicería. Carne colgando de ganchos, moscas bailando en círculos. Sangre seca en el suelo. Un hombre gordo cortaba huesos con una cuchilla que parecía haber conocido guerras. Me saludó con la mirada — de esas que no piden respuesta, solo miden el cuerpo.

Llegamos a la puerta azul. N.º 17. Estaba allí, como prometido. No había timbre. Llamé con los nudillos. Una, dos, tres veces. Silencio. Luego un chasquido de cerrojo. La puerta se abrió ligeramente. Un ojo. Un segundo de vacilación. Luego, todo el rostro — oscuro, marcado y sin edad. El hombre hizo una señal con la cabeza, seco. Entramos.

El pasillo olía a moho, con el fondo cubierto de sombras y el techo agrietado como un cráneo viejo. Subimos despacio. Escaleras de piedra, peldaños desiguales, una puerta a mitad con música árabe saliendo de dentro. Alguien se rió. Una risa de mujer. Seguimos. La sala donde entramos no tenía ventanas. Una bombilla desnuda colgaba del techo y temblaba levemente. Había una alfombra mugrienta en el suelo, dos sofás de polipiel pelándose y una mesa de centro con marcas de vasos y cigarrillos apagados a toda prisa. El hombre señaló el sofá. Nos sentamos. Ella cruzó las piernas. Yo me recosté atrás. Él salió sin decir nada.

— "¿Dónde nos has metido?" murmuró ella. Pero no esperaba respuesta.

Yo tampoco la tenía. Solo sabía que allí empezaba algo. O terminaba.

Esperamos. El tiempo allí dentro corría torcido, como un reloj con resaca.

Ella miraba alrededor, tensa, pero sin mostrar miedo — o lo mostraba como siempre: por dentro, donde más duele. El vestido se le pegaba a la piel, sudado en la espalda. Había cruzado los brazos, no por frío, sino por defensa. Yo le vi los ojos examinando el sitio, como si midiera las rutas de escape. Sabía bien dónde estaba, aunque nunca hubiera estado allí.

El hombre volvió. Otro hombre. Este más joven, rostro liso, ojos tan claros que parecían de vidrio. Vestía como un turista mal disfrazado: pantalones de lino claro, camisa demasiado planchada, zapatos que nunca pisaron tierra. Traía un maletín negro — de esos sin marca pero con contenido. Se sentó despacio, frente a nosotros. Dejó el maletín. Se quedó mirándonos como quien evalúa una pieza en el mercado. Yo aguanté la mirada. Ella no. Bajó los ojos un segundo. Solo uno. Pero él lo vio.

— "Señor," dijo, con un francés seco y preciso.

Asentí con la cabeza. Él abrió el maletín. Sacó un sobre pardo, grueso, cerrado con cinta adhesiva industrial.

— "Todos los documentos están aquí. Identidades nuevas, itinerario, contactos en Casablanca. No mencionan nombres. No deben."

Dejó el sobre entre nosotros, pero no lo empujó. Tenía que ser yo quien lo cogiera. Lo hice. La cinta se arrancó como piel quemada.

— "¿Y la misión?" pregunté.

Él sonrió. Pequeño. Frío. Casi con lástima.

— "Ya empezó."

Ella no dijo nada. Pero sentí su cuerpo endurecerse. Sabía que aquello era más de lo que esperaba. Más de lo que debía haber aceptado.

— "¿Y si sale mal?" pregunté. Era una pregunta estúpida, pero había que hacerla.

— "Entonces será solo otra historia mal contada."

Se levantó. No se despidió. Salió como había entrado — sin dejar rastro.

Nos quedamos allí. Con el sobre. Con el olor. Con el peso. Yo la miré. Ella me miró.

— "Dime que todavía vamos a salir vivos de esto."

— "No lo sé," respondí. — "Pero si morimos, que sea haciendo algo que valga la pena."

Ella se rió. Una risa seca, ronca. Mitad miedo, mitad desesperación.

Afuera, la ciudad aullaba.

El JUEGO había comenzado.

***

Salimos de la casa como quien regresa de un parto. Algo había nacido — pero nadie quería verle la cara.

Ella iba delante. Pasos cortos, pero firmes. Vestido pegado a la piel por la humedad. El sol derretía el tiempo en capas pegajosas.

Doblamos esquinas sin nombre, callejones con olor a aceite rancio y perros callejeros. Las callejuelas se sucedían como si el mundo hubiera sido dibujado por un borracho con un compás roto.

Hacía calor. Calor de piedra al rojo vivo, de boca seca y lengua pegada al paladar.

Ella me miró una vez, solo con los ojos. Como diciendo: ¿todavía tienes certeza?

No respondí. Ni a mí mismo.

Llegamos a la plaza, un claro sucio entre edificios que no sabían si eran ruinas u obras, o la puta que los parió. Hombres hablaban alto, escupían al suelo y jugaban cartas sobre cajas. El olor era a especias y meado seco.

Me senté en un escalón, de espaldas a la tienda de alfombras. Ella quedó de pie, frente a mí. Parecía una estatua sin nombre. Una diosa improvisada por un escultor en crisis.

— "Tenemos que encontrar el contacto de Casablanca," le dije.

Ella no respondió. Miraba a un grupo de niños que jugaban al fútbol con una botella de plástico.

— "Necesitamos un plan."
— "No tenemos plan."
Me quedé mirando las manos. Temblaban un poco. No de miedo — de cafeína y del silencio acumulado durante toda la mañana.
— "Vamos a comer algo," dije.
— "¿Ahora?"
— "Sí."
Entramos en un restaurante que olía a sardina podrida y a limón machacado. El dueño nos miró como si supiera que estábamos allí para algo más que comer.

Nos sentamos en un rincón. La mesa temblaba. El mantel tenía manchas que daban asco. Pedimos tajine sin convicción. La cerveza llegó tibia. Bebimos igual — a pesar de que ambos odiamos la cerveza.

Ella se quitó las gafas de sol. Los ojos estaban gastados, pero vivos. Había ahí algo — una rabia mansa, un miedo sofisticado, el deseo de aventura.
— "Si esto es realmente un JUEGO, alguien va a perder."
— "Si no lo es, también."
El tajine llegó. Tenía carne demasiado tierna.
— "¿Esto es cordero?"
— "No preguntes."
Comimos despacio. La carne se soltaba del hueso como si no le perteneciera.

Cuando salimos, el sol había bajado un poco, pero el calor no.
Ella se apoyó en una pared, sacó un cigarro del bolso, encendió. El humo le salió por los labios como si fueran palabras que no dijo.
— "¿Ahora fumas?" pregunté, medio idiota.
— "Solo en el JUEGO. Mientras jugamos."
— "Te lo estás tomando muy en serio."
Ella se rió.
— "Habla quien parece que nunca me escribió así."
— "Habla quien te vivió en las páginas... y ahora ya no sabe si eres o finges."
— "¿Y si solo estoy jugando contigo?"
— "Entonces soy yo quien está perdiendo," respondí.

Caminamos hasta el coche. El sobre estaba en el asiento trasero, cerrado otra vez, con cinta adhesiva nueva. Ella le apoyó la mano, como quien mide la temperatura de una herida.

— "¿Vamos?"

— "Vamos."

Arranqué. La ciudad quedó atrás, pero entró con nosotros en el coche — en el olor de la ropa, en la suela de los zapatos, en las yemas de los dedos.

En la carretera, ella se volvió a dormir. Mano en el regazo, pelo suelto. Yo conducía. El sobre entre nosotros.

Entre ella y yo, ahí, ahora, ya no existía el antes.

Solo la misión.

Y el recibo arrugado que ella había dejado caer en el asiento trasero y que decía "Napoli".

***

Llegamos al riad cerca de las nueve, ya el muecín había rasgado el cielo con la voz ronca de Dios.

La calle estaba desierta. El calor, ese, se pegaba a la espalda como un amante posesivo.

La recepción olía a incienso y a perfume de naranja oxidada. Un hombre sin edad nos dio la llave sin pedir documentos. Ni un nombre. Solo una inclinación de cabeza. Todo estaba pagado. Alguien había pagado.

Subimos.

La habitación era sencilla: cama ancha, cortinas de tela gruesa, un jarrón con agua y menta ya muerta. El aire acondicionado jadeaba.

Ella dejó la maleta, se quitó los zapatos y se dejó caer de espaldas sobre las sábanas como quien llega al final de una película y no sabe si le ha gustado.

Yo me quedé de pie, junto a la ventana. Afuera, se oía el sonido de las motos, de voces sueltas y de una televisión con eco. Un vago olor a pan quemado y diésel.

Ella dijo:

— "Estoy cansada."

Pero no era cansancio de cuerpo. Era otro.

JUEGO

Me quité la camisa, fui al baño. Me lavé la cara con agua fría, respiré hondo. El espejo me devolvió un hombre que parecía el mismo — pero no lo era.

Volví a la habitación. Ella estaba desnuda. Acostada de lado, con el sobre entre las manos.

— "Esto es real, ¿no?"

Asentí.

Me acerqué despacio. Me tumbé a su lado. Nuestros cuerpos no se tocaron — aún no.

Ella abrió el sobre. Los documentos estaban allí: pasaportes nuevos, billetes de ferry para Algeciras con nombres ridículos, una foto de ella con el pelo más corto y un visado sellado con fecha de ayer.

— "¿Fui esta mujer?"

— "Puedes serlo."

Ella dejó todo sobre la mesa. Luego se giró hacia mí. Ojos llenos. Boca seca.

— "Necesito que me toques."

No como antes. No como en Chiclana.

— "Como si yo fuera ella."

— "Como si fueras Mariangela."

Le besé la nuca. Los hombros. La espina dorsal. La curva por donde los hombres se pierden.

Ella se giró. Sus piernas encajaron en las mías como piezas de un crimen.

Hicimos el amor despacio. Sin prisa, sin urgencia. Como dos cuerpos que se buscan en una habitación prestada a una vida que no es suya.

No hubo palabras. Solo piel. Solo olor.

Al final, ella quedó tumbada de espaldas, brazos abiertos, como si esperara la lluvia.

— "Tenemos veinticuatro horas," susurré.

— "¿Hasta dónde?"

— "Gibraltar."

— "Entonces mañana huimos otra vez."

— "O nos infiltramos."

Ella sonrió. Una sonrisa pequeña, gastada. Pero verdadera.

Se quedó dormida con la cabeza en mi hombro.

Yo me quedé despierto.
La ciudad afuera se movía como un perro herido.
Y el JUEGO, ese, había dejado de ser juego.
Ahora era vida. Era realidad, aunque quizá simulada.
***

3

Los Nombres Falsos
Gibraltar, 09 de mayo de 2025

La entrada fue sin frase, sin ceremonia ni tropel. La frontera líquida desapareció bajo nosotros y, cuando nos dimos cuenta, estábamos allí — en territorio de nadie, pero con banderas. La luz no golpeaba. Escurría. Un calor de mala crianza, con aliento de generador y hálito de máquina parada. Gibraltar no nos acogió, ni nos rechazó: nos ignoró con el mismo desdén con que se esquiva un cadáver anónimo al fondo de un callejón sin nombre. Y eso era Europa, decían. Pero sonaba a otra cosa. A enclave desdentado.

El coche temblaba sin convicción. Los frenos gemían al parar. Un chillido breve, nada más. Crucé el puesto sin mirar a nadie, con el pasaporte verdadero metido en un bolsillo que ya no usaba. Ella no dijo palabra. El silencio era lo único que cruzaba las fronteras con dignidad. Lo llevaba en el regazo, como quien carga un animal herido sin saber si aún respira.

Aparqué junto a un edificio escamado, de paredes descascaradas como una cebolla vieja, y entramos en un café que parecía nunca haber sido inaugurado. El toldo estaba amarillo por el tiempo, las sillas de metal rayadas con nombres de personas que tal vez aún estuvieran vivas. La red Wi-Fi pisaba el umbral entre el "estoy aquí" y el "vete a la mierda". Había un sonido vago de fritura en algún lugar. La grasa se esparcía en el aire como niebla maloliente.

Nos sentamos en una esquina. Siempre en la esquina. Ella apoyada en la pared y yo con vista a la puerta. Era el rincón del poder. Había escrito sobre él en algunos libros del "Leilac". La silla coja y la mesa temblando con cada gesto. El camarero vino — o apareció — sin voz y sin ojos. Sirvió dos cafés que sabían a rabia hervida y se fue sin dejar rastro. En medio de la mesa, entre un menú plastificado con manchas de salsas muertas y letras casi borradas, estaba el sobre.

Ella lo tomó con los dedos limpios. Yo me fijé. Las uñas perfectamente pintadas, de rojo, pero con una pequeña herida en el índice derecho. Papel pardo y cinta adhesiva industrial. Nada escrito. Nada sellado. Nada firmado. Aquello era el JUEGO hablándonos en su idioma mudo.

Ella lo abrió con un movimiento seco. De dentro salieron nuestros nuevos nombres como si fueran cartas de tarot mal barajadas. Había un pasaporte verde oscuro con mi rostro pegado por obligación y un nombre que no reconocí, pero que ya debía pertenecerme. Un carné de identidad con una dirección inventada — o no. Un itinerario manuscrito con letras de colegio y una tarjeta, discreta, pero con un logotipo casi imperceptible en la esquina inferior. Ese... ese lo conocía.

La empresa. La offshore. Una de las sociedades que yo había abierto en Belice, por medio de un amigo muerto y que no me pertenecía. Un nombre que había usado en una acción colectiva. Una fachada entre otras. Estaba allí. Impreso. En la tarjeta.

No dije nada. Solo le empujé el pasaporte con un gesto pequeño. Ella leyó en silencio. Las cejas se movieron un milímetro. Nada más. No era sorpresa. Era lo que esperaba.

A nuestro lado, una pareja masticaba un diálogo en sueco. Algo sobre tokens, blockchains, critpoassets, o apuestas en un futuro donde nadie sabe cuándo termina. Tenían aire de refugiados de clase media alta, disfrazados de mochileros por vergüenza de serlo. Nadie nos miró. Pero había cámaras. Muchas. Algunas visibles, otras fingiendo estar apagadas, como ojos entrecerrados en una sala de manicomio.

Ella hojeaba los papeles con lentitud clínica. Observaba detalles que yo no veía, o que fingía no ver. Una dirección en Casablanca. Un contacto escrito a lápiz y tachado encima. Un nombre de mujer: Anissa. Tres números borrados. Y, doblado como un pañuelo de seda olvidado en un abrigo de invierno, un pequeño billete escrito en portugués:

"Confía en la mujer que te traiga el pan. Pero nunca bebas el té que no pediste."

Leí aquello como quien mastica vidrio. Ella no preguntó nada. Se limitó a meterlo todo en la mochila marrón, esa donde tenía el nombre de su madre, fallecida de cáncer, cosido por dentro. Yo seguí mirando la puerta, la calle, con nuestro reflejo en la ventana empañada.

Afuera, un letrero pintado en el cemento decía:

"Las ficciones matan más que las balas."

Ella sacó el móvil del bolsillo. Tomó una foto. Sin ángulo, sin foco y sin pose. Un gesto. Yo no comenté. Ni miré.

Nos quedamos allí unos minutos más. Bebiendo café como si fuera veneno gota a gota. El camarero volvió. Traía la cuenta escrita en una hoja de papel rasgado, con números gordos y un punto final desproporcionado. Pagué con monedas contadas. Dejé las suficientes para parecer distraído. Menos de lo que exige la convención. Un gesto. Un mensaje.

Salimos. El sol golpeaba oblicuo, como si no supiera ser pleno. El calor no quemaba. Fermentaba. Nuestros pasos sonaban a plástico mojado, a goma hinchada y a falso. El sobre iba allí. En la mochila. En el fondo. Como todo lo demás. La ciudad no nos siguió. Ni hacía falta. Ya estaba dentro.

***

Subimos a pie por la calle perpendicular a la avenida principal. El nombre no importa. Tenía dígitos y una referencia a un almirante inglés, como todo allí. El suelo se pegaba a las suelas. No era suciedad — era materia vieja. Derretida. Una especie de costra entre el suelo, las personas y lo que ya pasó. La ciudad olía a tax free y a braga sudada.

Ella caminaba delante. Hombros rectos, el pelo recogido en un moño del que escapaban mechones dorados desordenados — como si el cuerpo no hubiera dado orden al peine. Había un sudor seco en los codos, un brillo vagamente animal en las piernas. Yo iba detrás. Un metro y medio. La distancia justa para no parecer seguidor ni pareja. Solo cómplice. Testigo. Perro con correa larga.

El café quedó atrás como un lugar donde algo murió y nadie enterró.

Entramos en una tienda de souvenirs. De esas con camisetas que dicen "KeepCalm, You're in Gibraltar" y muñecos de soldados con la cara mal pintada. Ella fingía mirar postales. Yo fingía no ver nada. Pero miraba. Pero veía. Un espejo convexo junto a la caja nos mostraba en miniatura: distorsionados, torcidos y lejos del centro. Estábamos perfectos así.

Ella compró un imán. Pagó en libras. El billete venía con manchas de grasa. Intercambió dos palabras con la chica de la caja, que era portuguesa. Yo entendí. La chica, no. La lengua de la traición no siempre reconoce a los suyos.

Salimos con la bolsa de plástico crujiendo entre los dedos. Dentro, el imán envuelto en un papel de periódico que traía el titular:

"Redefining Identity in a Post-Brexit Rock"

Nos reímos. Solo una vez. Una risa breve, sucia, involuntaria. De acidez, pero al mismo tiempo de diversión.

El coche esperaba en el mismo lugar. Diferente al que había alquilado en el aeropuerto de Sevilla. Ahora era un Fiat Panda blanco, a nombre de un señor que nunca existió. El cristal empezaba a resquebrajarse en los bordes. Entramos en silencio. Ella abrió la mochila. Sacó de nuevo el sobre. Estaba caliente. El sudor ya se había infiltrado en el pliegue inferior. Tenía una leve marca en la esquina, como si alguien lo hubiera mordido sin querer.

— "¿Vamos hasta la cima?" preguntó.

Asentí. La ciudad entera cabe en un sí encogido.

Subimos despacio. Curvas cerradas, inclinación constante. Allá abajo, el mar simulando tranquilidad. Las calles perdiendo nombre. Cada vez menos gente. Menos casas. Más roca.

Paramos junto a una valla que no vallaba nada. Desde allí se veía el istmo. España de un lado. Marruecos del otro. El tiempo allí no tenía idioma. Solo sombra.

JUEGO

Salimos del coche. El aire pesaba en los tobillos. Había un sonido de viento, pero el viento no venía de ningún lado. Solo circulaba. Como información.

Ella extendió los documentos sobre el capot. Uno a uno. Los secó. Como quien seca heridas. Los nombres estaban allí, a la vista. Yo los leía como si fueran epitafios de personas que nunca habían nacido.

Ahora ella era Melita Romani, nacionalidad maltesa, fecha de nacimiento adulterada para parecer más joven de lo que era — o para parecer de la edad justa para desaparecer.

Yo era Adolfo Diniz, portugués, natural de Portalegre. Un nombre inventado por un algoritmo barato o un becario de la Interpol. Pero con resonancia. Tenía peso. Tenía entrañas. Tenía el nombre de mi abuelo. Y eso, eso sí, dolió.

Ella se giró. Se apoyó en el coche. Cruzó los brazos. Tenía el vestido pegado a la piel, ahora con manchas en el escote. El sol le daba en la cara como una lámpara de interrogatorio.

— "¿Vamos a hacer esto de verdad?" preguntó. Pero no era duda. Era verificación.

Le di las gafas de sol. Ella se las puso. Se volvió otra. Quedamos, los dos.

Una pareja cualquiera, al borde de un mirador de frontera. Turistas. O terroristas. O traidores. O solo dos cuerpos en movimiento.

— "Vamos," dije.

Arranqué. El coche respondió con un estertor. El sonido de la radio se encendió solo. Interferencia. Estática. Voces a medias. Apagué. No quería compañía.

Ella metió los documentos en una bolsa térmica. Al lado de las botellas de agua, la crema solar, dos duraznos y un cuchillo de mantequilla. Era nuestro archivo. Nuestra caja fuerte. Lo único que aún nos separaba del abismo era el zíper de una bolsa de supermercado.

En la bajada, la ciudad apareció otra vez. Pero yo ya no la veía. Ni ella.

El juego avanzaba. Y nosotros, dentro de él.

***

El siguiente plan no tenía plan. Teníamos tiempo y el tiempo sin mapa es una trampa. Aparqué el Panda en una callejuela paralela, sin nombre, donde los coches duermen mal, los gatos escupen a los neumáticos y los perros mean en ellos. La calle se inclinaba como quien se rinde a mitad de camino. Fuimos a pie.

Bajamos despacio, como quien intenta no despertar al enemigo. Nuestros pasos morían en las curvas. Los músculos lloraban cuando apretaba demasiado. Ella mantenía la bolsa térmica junto a sí, como quien lleva un riñón robado. Un cuidado que no se aprende — nace con ciertos cuerpos.

Nadie nos siguió. O nos siguieron sin mostrarlo. Pero la sensación — esa — se instaló. Como una picazón sin foco.

Al entrar en el barrio fronterizo, giramos a la derecha, por una arteria menor que conectaba con la zona industrial desactivada. Era lo que nos interesaba: el sin-movimiento. Las zonas donde nada pasa — y por eso todo puede pasar.

Había contenedores cerrados, edificios con ventanas rotas y persianas sujetas con clavos. Nombres de empresas quebradas estampados a medias en lonas rasgadas. Uno de ellos, con letras grises y puntas deshilachadas, decía XtralisSecurityGroup.

Paramos allí. Una fachada de hormigón con óxido en las entrañas. El portón medio abierto. Ninguna cámara visible. La puerta principal tenía una cerradura comida por el salitre. Pero el pestillo lateral estaba flojo, bastó empujar con el hombro. Entramos.

Olor a pintura muerta y huevo podrido. Una sala amplia, suelo de cemento, una barra vacía, un teléfono antiguo aún conectado a la pared con cables al descubierto. Ella no dudó. Dejó el bolso térmico sobre una mesa astillada y sacó los pasaportes. Yo me quedé en la puerta, escuchando. Nada. Solo un zumbido eléctrico de fondo — tal vez una luz de emergencia muriendo despacio.

Ojeó el pasaporte nuevo, como quien busca errores tipográficos. Se detuvo en la foto.

— "No me gusta esta cara."

— "¿No es la tuya?"

— "Sí. Está aquí. Tiene mi hueso. Pero no me gusta."

Asentí. Había verdad en eso.

Abrió los otros documentos con los dedos como pinzas. Empezó a sacar las tarjetas, una por una, como quien organiza un velorio íntimo. Las colocó en línea. En el centro, el billete. La inscripción. La maldición.

"Confía en la mujer que te traiga el pan. Pero nunca bebas el té que no pediste."

La repetí en voz alta. Ella no reaccionó.

— "Alguien ha estado leyendo nuestros hábitos."

Ella asintió con la barbilla. Luego se sentó. Cogió una de las botellas de agua, bebió tres tragos, se limpió la boca con la manga.

— "¿Nos quedamos aquí cuánto tiempo?"

— "Hasta que baje el sol. O hasta que nos encuentren."

Ella se encogió de hombros. Se apartó el pelo de la cara. Empezó a hurgar en el sobre como si aún tuviera algo más que revelar. De dentro, sacó una tarjeta SIM, pequeña, pegada con cinta negra al reverso de una factura de teléfono de Casablanca. La despegó con cuidado.

— "¿Necesitas un alicate?" pregunté.

— "Necesito paciencia," respondió.

No insistí. Abrí la bolsa de galletas. Comí una. Mastiqué con rabia. Ella se rió. Un sonido corto. Serio.

— "¿Tienes miedo?" preguntó.

— "No. Es un JUEGO."

— "Deberías."

— "¿De un JUEGO?"

Ella volvió al bolso. Sacó una camiseta oscura, se la puso en lugar del vestido sin ceremonia. Se quedó con las tetas al aire por dos segundos. No por descuido — por desprecio. Desprecio por la mirada del mundo. Y tal vez buscando provocar mi deseo. Vestirse era también dejarme fuera.

— "Si esto se va a la mierda, ¿a dónde vamos?"

— "Algeciras. Dormimos en un hostel barato. Hay una mujer que me debe un favor."

— "¿Es guapa?"

— "Lo es."

Silencio.

Afuera, el sonido de un motor antiguo pasando. Dos perros ladrando al fondo de la calle. Un sonido de sirena lejano. Ninguno de los dos se movió. El juego exigía inercia.

— "¿Estás preparado?" preguntó.
— "¿Hace falta? ¡Para un JUEGO!"

Ella sonrió. Pero no era exactamente una sonrisa. Era solo la boca curvándose como quien aprende a imitar la alegría para no levantar sospechas.

— "¿Cuántos días faltan?"
— "Once."
— "¿Y después?"
— "Después volvemos. O somos otros."

Ella volvió a ponerse el abrigo. Guardó todo con precisión. Cada papel doblado como origami para esconder el miedo. Sacó el móvil. Llamó. Cero señal. Sonrió de nuevo. Colgó.

— "Es como volver a la infancia," dijo.
— "La mía fue divertida."
— "Tienes suerte."

Fui hasta la puerta. Espié. Ningún coche. Ninguna sombra. Solo el atardecer engordando. El tiempo ahí era viscoso. Cada segundo se pegaba a la piel como fiebre.

Ella juntó los documentos, los nombres, los números. Volvió a cerrar la bolsa. Se levantó.

— "Vamos. Antes de que oscurezca demasiado."
— "Te estás tomando esto demasiado en serio. Parece de verdad una misión de espías."

Ella se detuvo. Me miró. Los ojos secos, pero enteros.

— "Es porque LO ES."

Solté una carcajada corta, ante esa nueva persona.

— "Anda... Esto es un juego. Un JUEGO, ¿te acuerdas?"

Ella se encogió de hombros, sin ironía. Solo peso.

— "Yo, cuando JUEGO, no es para perder."
— "¿Pero perder qué?" pregunté, ya casi perdiendo la paciencia. "¿Qué hay que perder? ¿Por qué tiene que haber perdedores?"

Ella se giró hacia mí, sin dudar.

— "Porque si nadie pierde, no es JUEGO. Es teatro. Y yo ya hice de eso toda la vida."
— "Venga. Mira, es un role play."
— "Es un JUEGO y yo estoy aquí para ganar."

—"Eres realmente competitiva. Solo que nunca te imaginé durmiendo en cuchitriles húmedos, limpiándote la boca con la manga de la sudadera y arrastrando mochilas con ropa sudada. No va contigo."

Ella bajó la mirada, se arregló el pelo como quien corta con el pasado.

— "Ya no soy Cecilia. En el JUEGO, no. Ahora soy Melita... Melita..." dudó y luego sonrió con toda el alma. "Melita... Melita lo que sea."

Me reí, sacudiendo el polvo de los hombros.

— "Si vas a encarnar al personaje, al menos aprende el nombre. Melita Romani. Nacida en Sliema."

Ella se tocó la frente con el dedo índice.

— "Ya está. Grabado. No se va. Pero preferiría haber nacido en St. Julian's. Más bonito."

Volví a mirar por la ventana. La luz se iba sin prisa. El mundo afuera parecía tranquilo.

Ella ajustó el cuello, subió la cremallera hasta la barbilla.

— "Vamos."

Fuimos por la parte de atrás. Un pasillo de cemento con manchas de aceite y olor a moho. Saltamos el muro lateral. Volvimos al coche. El cielo parecía una naranja podrida.

Encendimos el motor. Nadie nos vio salir. O vieron — pero dejaron.

Y eso, eso es lo más peligroso. Aunque sea solo un JUEGO.

***

Ella sugirió "ver el mar", pero era una excusa. Lo que quería era moverse, gastar el cuerpo. Me gusta eso de ella. Que la inquietud sea física. Que si no hay guerra, baile.

El sitio era tosco. Dos bancos de cemento con inscripciones anónimas, un muro bajo donde cabían codos y restos de cigarrillos. Al frente, la vista: contenedores, muelles, antenas, una gaviota muerta flotando en un charco oscuro de agua estancada. ¿Mar? Solo la mancha al fondo. Un azul mentiroso, como una foto demasiado editada.

Ella se sentó en el respaldo del banco. La pierna derecha oscilaba. Yo me quedé de pie. Miraba al suelo, no por timidez — por costumbre. Disfraz antiguo de quien siempre tuvo miedo de fijar la mirada.

Allí en el suelo, un botón de camisa, partido por la mitad. Ella señaló con la barbilla.

— "Alguien se desnudó a toda prisa."

Sonreí. Fue instintivo, verdadero.

— "O alguien que se desnudó solo."

— "Da lo mismo."

No respondí.

El cielo oscurecía despacio. Una nube amarilla, gorda, cruzaba el horizonte como un intestino en combustión lenta. Ella cruzó los brazos y la pierna dejó de moverse. Quedó inmóvil. El tipo de inmovilidad que precede a una pregunta. Esperé.

— "Tengo hambre."

Asentí.

— "Pero tenemos que ser discretos."

Ella se levantó, se limpió el trasero con la palma de la mano. Sacudió las ideas. Volvimos al coche.

Bajamos hacia el lado opuesto de la ciudad. Evitamos el centro, los restaurantes con fotos de platos, los turistas amontonados en sillas demasiado ligeras. Ella vio un letrero roto, medio apagado, que decía "Casa Fernando". Tres mesas ocupadas, ningún inglés. Era perfecto. Al fin y al cabo, ya estábamos en el JUEGO.

Entramos. Olía a pescado fresco y arroz con tomate. Buena señal.

Nos sentamos en una mesa pegada a la pared, bajo una televisión muda con el noticiero español en modo loop. La camarera era marroquí, quizá con nombre falso también. Nos miró como si ya nos hubiera visto, pero no recordara si fue en un sueño, en una misión, en un JUEGO o en una denuncia penal.

Pedí pulpo a la gallega y vino de la casa. Ella pidió pan. Y mantequilla. Siempre mantequilla.

Comimos en silencio. El pulpo sabía a goma marinada. El vino estaba tibio. Todo estaba bien. Era el JUEGO. Más para ella, acostumbrada al lujo, que para mí.

A mitad de la comida, ella se inclinó. El codo en la mesa, los ojos en mí.

— "¿Dónde vamos a dormir?"

— "¿Quieres comodidad o anonimato?"

— "¿No son sinónimos?"

— "Lo fueron."
Ella miró la televisión. Luego la puerta. Volvió a mí.
— "Elige tú. Pero con agua caliente. Y sin espejos en el techo."
Asentí.
Pagamos en efectivo. El cambio vino con un bombón de menta. Ella lo guardó en el bolsillo, sin motivo. O con todos.
En el coche, la radio volvió a encenderse sola. Ahora era flamenco. Guitarra cansada, palma lenta.
— "¿Estás oyendo esto?"
— "Estoy."
— "Parece que el coche intenta decirnos algo."
— "O simplemente está viejo."
Ella no respondió.
El hotel era de carretera. Letrero parpadeando. Aparcamiento a oscuras. Recepcionista con mirada de condenado. Pago por adelantado.
Entramos en la habitación. Cortinas de poliéster, cama blanda y almohadas de espuma. Pero el agua era caliente. Y no había espejos en el techo.
Ella se desnudó sin mirarme. Dejó los zapatos con precisión. Se tumbó con el pelo aún recogido.
— "¿Estás cansada?"
— "No."
— "¿Quieres que te toque?"
— "No."
— "¿Quieres dormir?"
— "Tampoco."
— "¿Entonces?"
Ella se giró de lado.
— "Quiero que este JUEGO me lleve hasta el final."
Apagué la luz. Me tumbé a su lado.
— "Necesito una ducha."
— "Yo también."
La ducha tardó en cerrarse. Nos quedamos allí los dos, juntos. Amándonos.
Horas después, mi móvil encendió la luz. Número marroquí. Sin nombre. Un solo mensaje:

"Anissa confirmó. Punto de encuentro: Marsella. Habitación 304."

Después, una dirección. De un hotel.

Se lo mostré. Ella se sentó en la cama, desnuda, el pelo suelto pegado al cuello y aún un poco húmedo.

— "304... parece cosa de película barata."

— "O de un libro mío."

— "Sea como sea, el JUEGO está bien hecho, ¿no crees?"

— "Ya ni sé qué pensar."

Ella se levantó. Fue al baño. Volvió con el bombón de menta. Me lo lanzó.

— "Para que recuerdes que lo dulce también atraganta."

Se tumbó de nuevo.

— "Mañana empieza otra vez. El mismo JUEGO. Otra jugada."

— "Otra ciudad."

— "Otro nombre, tal vez."

Nos quedamos callados.

Afuera, el letrero del hotel seguía parpadeando. Pero ahora era solo sombra.

***

4

La Entrega
Marsella, 10 de mayo de 2025

La habitación 304 no existía.
Llamamos a la puerta equivocada — cuatro veces — hasta darnos cuenta de que el mensaje era solo eso: un eco, una distracción. Un muñeco de papel pegado al cristal para parecer un cuerpo. El recepcionista del hotel sonrió con la boca torcida y dijo que no había habitaciones numeradas así. No allí. Ni en ningún otro sitio.

— "C'estpasici," dijo.
Ella insistió.
— "¿Está seguro?"
Él se encogió de hombros como quien ya se ha acostumbrado a no saber nada.
— "Toujours."
Luego miró alrededor, como quien finge que está comprobando si está solo — no por precaución, sino para aparentar que sabe más de lo que debería. Un papel mal ensayado.
— "Pero... si buscan diversión, prueben el Mirage. Zona este. Discoteca vieja. Casi siempre cerrada. Pero a veces... aparecen por allí unos tipos como ustedes."
— "¿Como nosotros?"

Él sonrió, burlándose un poco de sí mismo.
— "Jugadores."
Salimos. No intercambiamos palabras. Ya lo sabíamos. La pista era un pretexto. Un código para otro sitio: el Mirage.

Marsella apareció delante como una herida mal cerrada. Olía a sal, a mierda y a cloro por encima. Las calles eran más sucias que Tánger, pero aquí la suciedad parecía auténtica. Genuina. Una cosa sin vergüenza. El tráfico rugía con acento francés y furia magrebí. Motos por todas partes. Gente cruzando fuera de hora, perros cagando donde querían, policías que fingían no ver. Era una ciudad sin remordimiento. Un buen sitio para una entrega.

El motel donde nos quedamos tenía un nombre ridículo: Hôtel du Rocher. Estaba encajado entre una carnicería halal y una tienda de fundas para móvil. Habitación en el primer piso. Cama torcida. Ducha con olor a moho. Una ventana a un patio interior donde una vieja fumaba Marlboro y escupía sin pedir disculpas.

— "¿Vamos?" preguntó ella.
— "Vamos."

Fuimos hasta el suburbio industrial, zona este. Un barrio enterrado bajo depósitos, hangares y almacenes que nadie demolió porque ya estaban medio muertos. Un descampado con hierbas secas y neumáticos apilados. La coordenada que teníamos coincidía — pero el lugar parecía abandonado hacía veinte años. Había un edificio naranja, color de vómito seco, con la pintura cayéndose en placas. Una discoteca, o lo que quedaba de ella. Un letrero roto decía "MI-RAGE". Las letras caídas formaban "RAGE".

Ella sonrió.
— "Claro. ¿Por qué no?"

Empujé la puerta con el hombro. Se vino abajo despacio. El aire adentro era de polvo y bebida seca. Olía a vómito, óxido y abandono. Había botellas rotas, restos de *flyers* de los años 90, una pared con *grafitis* borrados y un escenario con altavoces rotos.

Caminamos despacio. El suelo se pegaba a los zapatos con un sonido viscoso. Ella encendió la linterna del móvil. El haz de luz cortó la oscuridad como una navaja roma.

— "Allí," dijo.

Estaba al lado de una silla. Caída en el suelo. Mitad enterrada en un charco de polvo y líquido seco. Una cinta VHS.

Tenía salpicaduras de sangre seca — o pintura, o cualquier otra cosa. Y una etiqueta pegada, amarillenta, con letras en árabe:

"عيش، حرية، كرامة إنسانية"

Ella se volvió hacia mí.

— "¿Sabes lo que significa esto?"

Respondí sin dudar.

— "Pan, Libertad, Dignidad Humana. Era el lema de la Primavera Árabe."

Luego, en voz más baja, añadí:

— "Estaba escrito en un *graffiti* en Tánger. Cuando todo empezó."

Ella se arrodilló. Tomó la cinta como si fuera un animal herido. La cinta magnética estaba a la vista, cortada y doblada. Una memoria violada.

— "¿Puedes ver lo que tiene?"

— "No aquí."

— "Tenemos que llevárnosla."

— "Tenemos."

Fue entonces cuando oímos pasos.

Corriendo. De goma sucia contra el mosaico.

Nos miramos. Ella guardó la cinta en la bolsa térmica, rápido. Salimos por el lateral. La puerta ya estaba entreabierta.

Lo vimos huir. Una silueta. Hombre delgado, quizá joven, con capucha negra y zapatillas blancas. Corría sin mirar atrás.

Corrimos detrás.

Saltamos la basura, rodeamos los escombros y cruzamos el patio como dos cuerpos en misión. El sonido de nuestros pasos era sincopado, desacompasado y real. Él giró a la derecha, luego subió por una escalera metálica. Huyó dentro de un edificio con ventanas tapadas. Cuando llegamos, ya era tarde.

Ella se detuvo. Manos en las rodillas. Respiración corta.

— "Déjalo. Ya se fue."

— "No. Era él. Él lo sabía."

— "Es solo un JUEGO."

— "Pero es para ganar, ¿o no?"

Ella me miró. Sudada. Irritada. Luminosa.
— "Sí... tienes razón. Pero ahora se escapó."
— "Aún podemos..."
— "No. Ya pasó."
Me quedé en silencio. Los pulmones ardiendo.
— "Cecilia..." dije.
Ella se irguió. Lentamente. Ojos en los míos.
— "No conozco a esa."
Luego sonrió.
— "Yo soy Melita."
Silencio.
Empezó a reírse. Una risa sucia. Sincera.
Yo también.
— "Los organizadores se están tomando esto en serio," dije yo.
— "Mucho más que aquellos Escape Rooms de Milán."
— "¿Te acuerdas de aquel del sótano falso? En Brera?"
— "Sí. Era una broma."
— "Esto no lo es."
Ella dejó de reír. Se puso seria. Muy seria.
— "Pero aun así... me lo estoy pasando bien."
— "Yo también."
— "¿Entonces seguimos?"
— "Siempre."
Volvimos al coche.
***

La cinta iba en el asiento trasero. El cielo de Marsella parecía haberse tragado todas las estrellas. Ella apoyó la cabeza en la ventana y, por primera vez desde que llegamos a Francia, no dijo nada durante más de veinte minutos. Ese tipo de silencio que, en ella, es confesión.

Marsella afuera se movía, pero sin destino. Una ciudad que no camina — rezonga.

La cinta quedó entre nosotros. Literalmente. En el asiento trasero, pero con una presencia que se sentía a flor de piel. Como un perro callejero que se echa a los pies de la cama — y no se mueve, pero sueña en voz alta.

Paramos en un bar de esquina con toldo verde chorreando moho. Era temprano, pero dentro ya había hombres de ojos gastados mirando la televisión como quien asoma al abismo.

Nos sentamos. Una copa de vino blanco para ella. Un café quemado para mí.

— "¿Quieres hablar de eso?" pregunté.

Ella negó con la cabeza.

— "Todavía no."

— "¿Ni de la cinta?"

— "Menos aún."

Asentí.

Ella sacó un cigarro del bolsillo. Lo encendió con una caja de fósforos robada del hotel. Dio una calada, luego dos más, luego lo apagó sin remordimiento. No era para fumar. Era para ganar tiempo.

Salimos. No pagamos. Nadie se dio cuenta.

Marsella cambiaba con el sol. Las sombras se volvían más duras. Las palomas más atrevidas. El olor a fritura y orina ganaba fuerza. Caminamos sin rumbo. Ella callada. Yo pensando en todo. O en nada. La cinta en la bolsa térmica. Todavía ahí. Fría.

— "Vamos a guardarla," dijo ella, finalmente.

— "¿Dónde?"

— "En una maleta. Dentro de otra maleta. Luego la metemos en la caja fuerte del hotel."

— "¿El hotel tiene caja fuerte?"

Ella esbozó una media sonrisa.

— "Tiene cajones."

Volver a la habitación fue como volver al vientre — húmedo, oscuro, sofocante. Ella sacó la bolsa térmica con cuidado. Abrió. Sacó la cinta. La miró con asco, pero al mismo tiempo como un desafío. Como si mirara a un hijo que no quiso tener.

La envolvió en dos camisetas, la metió en la mochila marrón. Luego la empujó al fondo de la maleta más grande. Cerró la cremallera. Luego otra cremallera. Luego el botón de presión.

— "No volvemos a abrir esto hasta saber qué hacer."

— "¿Y si alguien intenta llevársela?"

Ella se encogió de hombros.

— "Que la lleven. No tenemos copia."

— "¿Y si ese es el plan? ¿El JUEGO?"
Ella me miró. Una mirada sin tiempo.
— "Entonces estamos jugando bien."
Nos tumbamos vestidos. Solo para probar el cuerpo contra la sábana. Ella se giró hacia mí.
— "¿Quieres ganar?"
— "No sé el premio."
— "¿Pero quieres?"
— "Si es contigo."
Ella se quedó mirando el techo.
— "Mañana nos vamos de aquí."
— "¿A dónde?"
— "No importa. Lejos. Milán, tal vez."
— "¿Llevas la cinta?"
— "Te llevo a ti. La cinta viene detrás."
Cerró los ojos.
Se durmió en cinco minutos.
Yo no.
Me quedé mirando la maleta. El cierre.
Y lo que había dentro — o lo que podía estar ahí.
El juego no había dejado de ser juego.
Pero empezaba a doler en los sitios equivocados.
***

5

La Línea Roja
Milán, 11 de mayo de 2025

La puerta crujía como una rodilla vieja y el apartamento del restaurador respiraba a plástico chamuscado, polvo de CRT y tufo de bobina muerta. El hombre — Ernesto Magni, setenta y tantos, mirada de soldador jubilado — cogió la cinta con pinzas y guantes de algodón, como quien levanta la última bala de un crimen sin culpable. Negué con la cabeza:

— "Nada de copias. Nada de digital. Solo la cinta. Recuperada."

Añadí:

— "Sin retoques artísticos. Sin ajustes. Solo lo que está ahí."

Asintió con los ojos. Señaló la mesa donde dormían dos reproductores JVC, un Amstrad y una televisión con el tubo abierto. Escribió el precio en una hoja manchada de grasa de jamón y números redondos. Pagué sin discutir.

Salimos. La calle seguía ahí. Milán. Aire sofocante como dentro de una cabina telefónica usada para llorar.

Ella me agarró del brazo con fuerza de hueso.

— "Vamos a ver qué hay en la cinta."

— "O lo que no hay."

El móvil estaba en silencio, pero vibraba. Era Rui Madureira. Tenía la voz cansada, pero viva.

— "Dime."
— "Hola, ¿estás bien? ¿Por dónde andas?"
— "Milán. Voy a estar fuera unos días."
— "¿Otra mierda?"
— "Un JUEGO."
— "¿Un juego!?"
— "JUEGO. Simulación. Role play. Regalo de Cecilia. Un juego de espías. Estamos los dos metidos en esto."
— "Te metes en cada cosa."
— "Fue Cecilia."
— "¿Ya viste a la vaca del J14?"
— "¿Qué pasa? ¿Intentando jodernos?"
— "Exacto. Pero ya la puse en su sitio. Presenté en el Constitucional hace tres días. Fui directo al flanco."
— "Bien. El SILENT EYE hará el resto. Ya lo dejé procesando, esa del J14 y la otra artista."

Hubo silencio al otro lado.

— "¿Estás usando el sistema?"
— "Ahora que funciona. Claro."

Cecilia me miraba. Noté que escuchaba.

Rui pidió un segundo. Alguien llamaba a la puerta de su despacho.

— "¿Quién es el SilentEye?" preguntó Cecilia.
— "No es un quién."
— "¿Entonces?"
— "Es un sistema."
— "¿Tuyo?"
— "Casi. La estructura fue diseñada por tipos del Mossad. Otros del MI5. Yo solo la afiné y la hice operativa con mis recursos."
— "¿Y qué hace?"
— "Caza."
— "Especifica."
— "Es OSINT. Open Source Intelligence. Junta algoritmos, redes, registros, foros, decisiones judiciales, redes sociales, imágenes, vídeos, PDFs, todo."
— "¿Legal?"
— "Depende del país. Y del uso."

— "¿Y hasta dónde llega?"
— "Donde haya señal. Penetra todo. Incluso mensajes encriptados. Los intercepta al llegar. Cuando ya están limpios."
— "¿WhatsApp?"
— "Sí. Signal. Telegram. Todo."
Ella se quedó callada. Rui volvió a la línea.
— "Perdona. Era el tipo de la comunidad. Solo era para decirte eso del J14. ¿Necesitas algo?"
— "Sí. Si desaparezco de verdad, entras en el Virtual Data Room y hablas con la Fed. Está todo ahí."
— "Entendido."
Colgué.
— "Este JUEGO para ti va a ser pan comido."
— "¿Y para ti?"
— "Voy a aprender a lo bestia."
Iba a responder, pero el móvil vibró.
Número oculto.
Un archivo.
Un frame de un vídeo VHS.
Yo. Otra mujer. Misma habitación del hotel.
Cecilia me quitó el móvil. Lo vio.
Se quedó ahí, quieta.
— "¿Has visto esto antes?"
— "Nunca."
Se quedó un segundo más. Me devolvió el teléfono. Entró al metro sin mirar atrás.
El frame seguía en la pantalla.
***

El metro se la llevó como un tren de huida. Pero aquello no era huida. Era juicio.

Compré cigarrillos. Marlboro Lights. Nunca he fumado, pero ese día fumé. Uno. Dos. Tres. Hasta que la lengua supiera a metal y el estómago a vacío.

Volví al hotel. Un edificio cualquiera. Fachada gris, recepción con olor a abrillantador vencido. En el ascensor, una mujer de mediana edad me miró con esa mirada de quien espera un "salve" o "buonasera" o "fa caldo oggi, eh?". Yo devolví silencio. Salí en mi piso. El pasillo parecía más largo.

La llave giró mal, como todo ese día. El picaporte cedió a la fuerza de la mano y no al gesto.

Entré con el cuerpo medio torcido — como quien aún duda de estar en un lugar cerrado, con paredes demasiado próximas.

Ella no estaba. Su maleta no estaba.

Sobre la cama, un post-it. Solo una frase:

"Fui a casa. Vuelvo antes de la cena."

¿Casa!?

No se suponía que fuéramos a casa.

Era una de las reglas. Una de las pocas.

Y fue ella — justo ella — quien la rompió.

Ella, que se tomaba aquello en serio.

Ella, que corregía mis desvíos. Que me miraba como quien mide disciplina. Que me corregía siempre que la llamaba Cecilia en vez de Melita.

Ahora esto. Casa. Quizá se rompió. Quizá, después de la mujer en mi móvil, decidió no jugar más.

Quizá el beso entre yo y aquella otra — fabricado en *pixels* y JUEGO — le reventó algo por dentro.

Aunque lo supiera. Aunque supiera que era falso. Que era parte. Que era JUEGO.

Pero el cuerpo cree. Incluso cuando la mente dice que no.

El cuerpo ve. Siente. Se hiere. Y finge que no.

Me senté en los pies de la cama. La madera cedió con un crujido bajo.

Llamé a Hannah. Una, dos, tres veces. Buzón de voz. Siempre.

Hannah — la Toscin de mis libros. La que lo sabía todo. La que no aparecía desde Tánger. La que no contestaba. Que quizá nunca existió. O que ahora estaba del otro lado. Del lado del JUEGO.

***

Ella entró sin ruido. No por ligereza, sino por cálculo. La puerta no golpeó. Cedió. El abrigo cayó sin destino sobre la silla, como una piel rechazada. Las gafas siguieron, lanzadas, no dejadas. Una botella salió de la nevera con un gesto de sed, no de placer. Bebió de pie. Garganta expuesta. Ni una mirada. Los jeans aún marcados del viaje, pero el cuerpo ya en modo de batalla. Tenso, pero no cansado. Erizado no de frío, sino de algo inminente.

Nos quedamos mirándonos. Yo, sentado, aún con la camisa medio abierta. Ella, erguida, goteando algo que no era sudor.

— "El Cracco aún sirve cenas," dije yo.

Ella me lanzó una mirada de plomo.

— "No tengo hambre."

— "¿Un trago?"

— "Quiero otra cosa."

Se quitó la camiseta de un tirón que trajo aire consigo. El *soutien* desabrochado ni siquiera llegó a caer: quedó enganchado en un codo, luego cayó entre los pies. Sus pezones no pedían atención. La imponían. Apuntaban hacia mí como dedos. Ella caminó hasta mí. Agarró mi cinturón con una precisión que parecía ensayada. Lo abrió despacio. El *zíper* arañó el aire. Me quitó los pantalones sin hacer ruido. Yo no me moví. Ella estaba al mando. Era ella quien estaba viva.

— "Hoy eres Adolfo. Y yo soy Melita. Solo eso. Nada más."

Fue hasta la ventana. No corrió las cortinas. Al contrario. Las empujó hacia los lados, hasta que la habitación quedó desnuda de pudor. Se apoyó en el cristal. De espaldas. Las manos abiertas. Las piernas entreabiertas. La ciudad afuera con las luces encendidas y el ruido vibrando en el vidrio.

— "Cómeme. Aquí. Ahora."

Me quité lo que quedaba de ropa y fui hacia ella. Su piel estaba caliente, no por el sol — de dentro. El olor no era perfume. Era viaje. Era prisa. Era sudor limpio y leche por sacar. Le besé la espalda con hambre. La lengua recorrió su columna como quien lame la sal que escurre de un cuerpo ya abierto. Ella no gimió. Mordió el labio inferior. Con fuerza.

Me arrodillé. Ella no lo pidió. Yo quise. Le besé las nalgas, luego el interior de los muslos y por fin, me sumergí en ella. La lengua cavó, insistió, lamió con la precisión de quien ya conoce pero quiere redescubrir. Ella se sujetaba a la ventana con los dedos blancos. Las piernas temblando. No gritaba — jadeaba con el pecho. Dijo solo:

— "Así. Más. Despacio. Pero más."

Seguí. Con la boca y los dedos. Ella retrocedía y volvía. Mi nombre nuevo saliéndole a trozos. Adolfo. En varios idiomas. En un momento se giró. Me agarró del pelo y me tiró hacia arriba.

— "Ahora. Quiero sentirte."

Entré en ella de un solo gesto. La profundidad le arrancó un sonido ronco. El vidrio empezó a empañarse. Los coches seguían pasando. Ella apoyó la frente en el cristal y mordió el puño. Yo le agarraba las caderas como si agarrara una verdad. El ritmo era seco. No había romance. Solo deseo.

Ella levantó una pierna y apoyó el pie en el alféizar. Quedó abierta. Entregada. Pero no sumisa. Dijo:

— "Más adentro. Más aún. Rómpeme."

Obedecí. El sonido era húmedo. Auténtico. Tal vez la ciudad viera. Tal vez no. Su piel brillaba. Yo estaba sudando. Los dos de pie, pegados, escurriéndonos. Paramos. Solo un segundo. Ella se giró, me empujó hacia la cama. Caí de espaldas. Ella se montó en mí sin pudor. Se sentó sobre mí con todo el peso. Los ojos entrecerrados. La boca entreabierta. La lengua humedeciendo el labio superior. Los pezones saltando con cada movimiento.

Ella cabalgaba. No con ternura — con urgencia. Con un deseo casi animal. Dijo:

— "No pienses. Siente. Ahora."

Le besé los pechos. Le mordí el vientre. Ella se inclinó hacia atrás. Apoyó las manos en mis rodillas. El pelo le caía por la espalda, pegado. Su piel olía a cuerpo. A verdad.

Ella se detuvo. Se quitó de encima. Se arrodilló. Me miró. Una mirada que ya no era suya. Era de la personaje. Dijo:

— "Ahora quiero otra cosa. Quiero sentirme otra. Otra de verdad."

— "Dime."

— "Dame por el culo. Quiero eso. Hoy. Ahora."

Me quedé quieto. Ella se tumbó de lado, subió la rodilla. La posición lo decía todo. Fui detrás. Le lamí el culo con cuidado. Lo besé con devoción. Ella se movía despacio. Dijo:

— "Sí. Así. Mójalo. Prepara."

Besé. Lami. La lengua como un sello. Ella gemía bajo, casi como un perro herido. Luego cogí el lubricante del minibar — un producto que alguien dejó ahí por error o por arte o por JUEGO — y preparé. Los dedos. Uno. Luego dos. Ella apretaba las sábanas con fuerza. Dijo:

— "Hazme tuya. Por completo. Quiero olvidar quién soy."

Entré despacio. El sonido fue de piel contra piel. Los músculos resistieron. Pero luego cedieron. Ella gritó. Un sonido seco. Luego rió. Una carcajada de placer bruto. Yo me movía con cuidado y fuerza. Ella pedía más. Su cuerpo temblaba por completo.

— "Adolfo, joder. Fóllame como si fueras a morir mañana."

Seguí. Hasta ya no poder respirar. Hasta que la frente chorreara. Hasta que las caderas dolieran. Ella se corrió temblando, con el culo apretándose todo sobre mí. Y luego se desmayó. Pero no de cansancio. De placer.

Caímos los dos en la cama. Uno sobre el otro. Los cuerpos aún entrelazados.

Silencio.

Luego, ella dijo, en voz baja:

— "Viena."

— "¿Qué?"

— "Tengo que ir. Hay un congreso. Cosas de la universidad."

— "¿Quieres que vaya?"

— "Quiero. Pero no como Adolfo. Ni como el otro. Solo como tú."

— "¿Y el JUEGO?"

Ella se giró. Quedó de frente a mí, con los ojos limpios.

— "Podemos hacer una pausa. Nadie nos ha contactado. La cinta solo estará lista en dos días. Hasta entonces... somos solo nosotros. En Viena. Habitaciones con sábanas limpias. Cafés con buenos pasteles. Sexo con espejos."

— "¿Romántico?"

— "No. Real."

Se durmió pegada a mí.

El cuerpo aún latía.

La ventana abierta dejaba entrar los sonidos de la ciudad. Pero allí, solo el silencio de los cuerpos usados.

***

6

La Noche y el Vidrio
Viena, 12 de mayo de 2025

La ventana del tren estaba sucia. No de polvo. De grasa de manos sin identidad. Ella apoyó la frente y cerró los ojos. Yo fingía leer un artículo sobre neuroestética en una revista de Austrian Railways. No leí. Veía su reflejo — desenfocado, húmedo y distante. Las piernas cruzadas. Las manos escondidas bajo el abrigo de verano. Los hombros encorvados como quien se deja estar.

Llegamos a Viena con el final de la tarde pegado a la espalda, como si el día no tuviera sitio para nada más. El taxi ahoga. El conductor no habló. Tampoco quería. Ella miraba hacia fuera como quien espera que el escenario confirme el guion.

El hotel era un espejo vertical con nombre de filósofo húngaro. Muy diferente de los tugurios donde el JUEGO nos había metido — colchones húmedos, retretes sin tapa y paredes que olían a sudor rancio. Aquello era otro mundo. Limpio, caro y silencioso.

Ella no dijo nada, pero los hombros bajaron medio centímetro. Tal vez Melita aguantara la mierda de los hostales, las pensiones y las camas con ácaros. Pero Cecilia —fuera del guion— gustaba del lujo. De la limpieza extrema. Del silencio pagado de más.

El lobby olía a flores frescas y tenía un piano, negro y lustroso — con una placa dorada: "Tócame."

El empleado tenía acento de Budapest y ojos entrenados para ignorar traiciones. Nos entregó dos tarjetas. Habitación 803. Vista a nada. Discreción incluida.

Ella dejó la maleta y desapareció en el baño. El agua empezó a correr. Me senté en la esquina de la cama. El colchón cedió con dignidad. Encendí el portátil. Nada de notificaciones. Solo basura. Spam en idiomas que nunca quise aprender. Pensé en escribir un capítulo más del libro —el que había empezado en Cádiz, primero con el título "HUÍ (y me quedé)", luego cambiado a "JUEGO". Pero no tenía ganas. Apagué. La pantalla me devolvió la cara de quien no está allí.

Ella salió poco después. La toalla blanca enrollada al cuerpo, ajustada sin ser obscena. El pelo recogido, seco — no lo había lavado. Pero los hombros aún tenían gotas, pequeñas, tercas, como si el cuerpo se negara a secarse del todo. Olía a jabón caro y a vapor limpio.

Me acerqué. Despacio. Le toqué la cadera. La piel estaba caliente. Le besé el hombro con la boca abierta, casi mordiéndola.

Ella giró la cara — sin desvío dramático y sin escándalo. Solo el gesto mínimo de quien ya está en otro tiempo.

— "Ve a ducharte. Tenemos que cenar."

Me quedé allí, mirándole la espalda. Un segundo. Quizá dos. Lo suficiente para saber que ahí no había ningún JUEGO. Ni pausa. Ni respuesta escondida. Solo ella y yo. Fui. El baño aún olía a ella. Cerré la puerta. Abrí el agua. La dejé correr por el pecho, por la cara, por las ideas que no se organizaban. Me quedé allí intentando olvidar lo que aún no había sucedido.

Cuando salí, ella estaba vestida para cenar como si fuera un evento diplomático. Pendientes pequeños, labios rojos, zapatos de tacón alto. Perfume sin nombre, pero bueno. Era seco. Entraba despacio, pero se quedaba.

— "¿Reservaste?" pregunté.
— "Sí."
— "¿Dónde?"
— "Sterereck."

JUEGO

Era suficiente.
***

El restaurante era clínico. Encajado en el parque como un cubo de espejos que se niega a ser edificio. Fachada de metal cepillado, líneas limpias, aire de cosa cara que no necesita explicarse.

Dentro, demasiado blanco, demasiado liso, como si alguien hubiera pasado allí la tarde borrando señales de vida. La luz venía de arriba — fría, calculada, como en un quirófano con cubiertos de plata.

Nos sentaron junto al cristal. Al otro lado, árboles quietos, una línea de hormigón que fingía ser camino y los restos de una tarde que ya se había ido.

Los camareros deslizaban en silencio, sin prisa, con esa postura entrenada que a veces casi parece desprecio.

Las mesas mantenían distancia, como si los cuerpos fueran contagiosos. Las voces eran pocas y bien podadas — gente acostumbrada a hablar solo cuando es seguro.

Pedí vino blanco. Ella aceptó sin mirar la carta.

El menú venía en un sobre de lino. Nada de nombres. Solo descripciones obscenas de platos. Es parte del ritual del restaurante: minimalista, preciso y casi clínico. Pero por momentos, parecía un JUEGO.

Elegí cualquier cosa con pescado del Danubio. Ella eligió carne cruda.

— "¿De verdad quieres comer eso?"
— "Quiero sentir el sabor de algo que aún no ha muerto del todo."
— "¿Entonces quizá prefieras un tinto?"
— "No. Así está bien."

Bebí un trago de agua. No dije nada más.

La comida llegó. Platos hermosos, casi tristes. Texturas que parecían pedir perdón por ser así. Comimos en silencio. Solo el sonido de los cubiertos. El crujir de la servilleta. El tintinear de la porcelana. Todo limpio. Todo muerto. Quizá la carne de ella, no del todo.

A mitad del segundo plato, ella sacó el móvil del bolso. Un clic. Un segundo. Miró la pantalla. No dijo nada. Pero los hombros se movieron. Un casi temblor. Yo lo vi.

— "¿Malas noticias?"

Ella dejó el móvil despacio. El rostro inmóvil. La voz más baja que el ruido ambiente.

— "Llegó un SMS."

— "¿De quién?"

— "Ernesto Magni."

— "¿El restaurador? ¿Qué decía?"

Ella tomó la copa. Bebió un trago sin sed. Luego habló.

— "La cassetta è stata restaurata. Non è stata visionata. Può venire a ritirarla."

Las palabras llegaron antes que el significado.

— "Enséñame."

Me lo mostró.

— "Listo. Ya está. Él consiguió recuperarla."

— "Tenemos que ver si hay algo dentro."

— "Tenemos que ir a buscarla."

Me quedé mirándola. Ella mirando hacia dentro. El cristal de la ventana ahora negro. El reflejo de nuestra cena flotando sobre el parque.

— "¿Y ahora?"

Ella levantó la mirada. Sonrió.

— "Ahora comemos postre."

Pedí un café, corto. Ella no pidió nada. El camarero trajo chocolate sobre una piedra fría, con un sorbete escondido en un cilindro de azúcar. Ella lo tocó con la cuchara. No comió.

— "¿Tienes miedo?"

Ella levantó la mirada. Por primera vez en la noche, me miró a los ojos.

— "Tengo."

— "¿A qué?"

— "A que seas tú, o yo, en ese vídeo."

— "¡Oh! Es un JUEGO. No tiene importancia."

— "¿Pero si eres tú? ¿Si soy yo, con otro?"

No respondí. El cristal de la ventana parecía más negro.

Ella dejó los cubiertos. Se recostó hacia atrás.

— "Un día dijiste que la verdad nunca mata. Que es el miedo a ella lo que destruye."

— "¿Y?"

El camarero apareció para recoger los platos. La mano de ella temblaba. Un poco. Solo un poco. Pero lo vi.

— "¿Pero quieres ver el vídeo?"

— "No sé."

— "¿Confías en mí?"

— "Confío."

— "Yo también confío en ti y no va a ser un JUEGO lo que cambie eso."

El vaso cayó. Se rompió en el suelo de piedra. Nadie se movió. Nadie reaccionó. El sonido del vidrio se oyó como un corte.

— "Disculpe," dije yo.

Pero el camarero ya estaba limpiando. Como si lo hubiera ensayado.

Salimos del restaurante sin hablar. Viena estaba fría. Un frío limpio, matemático. Un frío de mayo. Las calles estaban desiertas. Las luces encendidas. Pasamos junto a un violinista junto al río. Tocaba Bach con los guantes rotos. La música parecía buena. Pero nadie escuchaba.

Ella se detuvo.

— "¿Qué hacemos ahora?"

— "Vamos a dormir."

— "¿Y después?"

"Mañana vamos a mi conferencia y después a Milán."

— "¿Por el JUEGO? ¿Por la cinta?"

— "Claro."

Ella se quedó allí, parada. Mirando al violinista.

— "No sé si quiero ver," la puse a prueba.

— "Ahora sé que quiero."

— "¿Ahora? ¿Por qué?"

— "Porque dijiste que confiabas en mí y que no iba a ser el JUEGO lo que cambiara eso."

— "Dije que creía en ti, no que confiaba."

— "¿Y no es lo mismo?"

— "Es... casi."

***

Llegamos al hotel. Subimos a la habitación. El ascensor subió despacio. Ella se quitó los zapatos. Se quedó descalza. Atravesamos el pasillo. Entramos en la habitación y ella al baño. Oí el sonido del agua. El vapor subiendo. Yo me quedé en la cama, con los ojos en el techo.

El móvil vibró.
Un número irreconocible.
Abrí.
Una imagen.
El sobre pardo.
Apoyado en una puerta. De hotel.
La leyenda:
"Verifica la entrada lateral."
Se lo mostré cuando salió del baño.
Ella leyó. Dos veces.
— "¿Qué será?"
— "Ni idea."
— "Debe de ser la puerta lateral del hotel. Seguro que hay una."
Ella me miró. Mojada. Cansada. Hermosa de una forma que me ponía nervioso.
— "¿Vamos?"
— "¿Tenemos opción?"
Ella sonrió. La sonrisa era cansada, pero le llegó a los ojos.
— "Opción siempre tenemos."
Cogió el bolso. Se vistió sin prisa. Pero tampoco dudó.
— "Vamos a ver quién está jugando con nosotros."
La noche nos tragó.
Viena, al final, también formaba parte del JUEGO.
***

Salimos por el vestíbulo sin llamar la atención. El portero no se fijó — o fingió no fijarse. Rodeamos el edificio por la izquierda. La acera era irregular, mal iluminada. Cubos de basura con logotipos en alemán y un olor insoportable a lejía de calle — que ni el frío disimulaba. Bajamos dos escalones, pasamos junto a un contenedor de ropa usada y nos detuvimos.

Allí estaba.

JUEGO

La puerta de servicio. Sin nombre. Sin timbre. Una raya de pintura blanca sobre la madera negra. En el suelo, apoyado, había un sobre. Blanco. Cerrado con un lacre rojo. Sin nombre.

— "¿Es esto?" pregunté.

— "Debe de ser."

Al otro lado de la calle, entre una farola y una parada de autobús, un hombre observaba. Manos en los bolsillos. Abrigo hasta las rodillas. Inmóvil. Fumaba. Pero no se veía el cigarro.

— "¿Lo ves?" murmuré.

— "Ya estamos en el JUEGO," respondió ella, sin apartar los ojos del sobre.

— "Vale, Melita," dije. Y sonreí. Una sonrisa corta. Casi técnica.

Agarré el sobre. Estaba frío. El papel era grueso, semi-húmedo. Sin dirección. Sin origen. Solo el lacre de cera roja rompía su blancura.

Volvimos caminando. Entramos al hotel por el mismo lado. Ninguna pregunta. Ninguna reacción. Solo el calor del aire acondicionado intentando convencernos de que el mundo era previsible.

Nos sentamos en el lobby. Sofás profundos, cómodos y lujosos. Alfombras de patrones geométricos. Una mujer dormía al fondo con un vaso vacío al lado. El piano negro, liso, seguía allí. Y mantenía la placa: "Tócame".

Ella lo miró de reojo.

— "¿Abres tú?" preguntó.

Asentí con la cabeza. Rompí el lacre rojo. Algún sello le había impuesto un símbolo: una hormiga cortada por la mitad, como si fuera una señal de peligro.

Dentro, tres hojas impresas. Una reserva de hotel. Fecha para el día 13. En Praga. Nombre del huésped: "Adolfo Diniz". Acompañante: "Melita Romani."

— "Una reserva, a nuestro nombre. Con los nombres de nuestras nuevas personas. Para mañana. Praga."

— "¿Cuándo fue hecha?"

— "Fue hecha ayer."

— "Entonces el JUEGO no paró."

Ella se levantó. Fue hasta el piano. Tocó una nota. Luego otra. Luego una secuencia corta, sin melodía. Solo probando el sonido.

Se acercó un hombre. Traje negro y bien cortado. Camisa blanca. Pañuelo rojo en el bolsillo. Zapatos lustrados hasta brillar. Cabello peinado hacia atrás. Dientes alineados. Se acercó como quien ya tiene permiso.

Le dijo algo, quizá en alemán. Ella respondió, posiblemente en inglés, o alemán, que ella sabía hablar. Se rió. Volvió a tocar.

Yo me quedé. Observando. Imaginando qué sería aquello.

Cuando ella volvió, me senté derecho.

— "¿Qué quería?"

— "¿Celos?"

— "No. JUEGO."

Ella respondió mientras se sentaba, acomodando el vestido.

— "Preguntó si conocía alguna pieza de Antonín Dvořák."

— "¿Y?"

— "Le dije que sí. Me pidió que tocara. Toqué la Humoreske. Opus 101. La número 7. Es fácil."

— "¿Quién es Dvořák?"

Ella levantó las cejas. Luego se rió.

— "Un compositor, claro. Mira... de Praga."

Busqué al hombre con la mirada. Ya no estaba.

— "Praga," repetí.

Ella ya me miraba.

— "¿Será que esta mierda forma parte del JUEGO? Tenemos que estar atentos. Puede ser alguna pista."

— "Quizás."

— "Dame tu móvil, Cecilia."

— "¿Cecilia?! Melita," corrigió. Sin ironía.

— "Melita. Dame el teléfono."

— "¿Para qué?"

— "Para responderle a Ernesto. El restaurador."

Ella sacó el móvil del bolso. Me lo tendió. En silencio.

— "O responde tú. Dile que envíe la cinta por DHL. Urgente. A Praga."

— "¿Qué dirección?"

— "La de la reserva. Está en el papel."

Ella empezó a escribir. Con calma. Los dedos firmes. Los ojos fijos. La lengua pegada a la comisura de la boca — como cuando se concentra. El lobby parecía detenido, contemplando el momento.

Mi móvil vibró.

Llamada de Rui Madureira.

— "Perdona la hora," dijo de inmediato. "Salí de jiu-jitsu, ducha, cené cualquier mierda. Solo ahora tuve tiempo."

— "Dime."

— "Esto es serio. Musk aterrizó aquí el día 5. Neumáticos. Jet privado. Mercedes negro. Fue a Lisboa."

— "¿Elon Musk?"

— "Ese mismo."

— "¿A hacer qué?"

— "Dicen que fue a una reunión con abogados. Parece que te quiere demandar."

— "¿Por qué?"

— "Por culpa de «Último Disfraz». La versión inglesa. La española. La italiana. Y la francesa. El libro circuló bastante."

— "¿Y entonces?"

— "Dicen que te pasaste de la raya con Trump, Tesla, X, xAI... La sátira cruzó los límites."

Me quedé callado. La miré a ella. Seguía escribiendo.

— "¿Él cree que eso es un delito?" pregunté.

— "Por lo visto."

— "Joder. El tipo se equivocó de país. Aterrizó en el país equivocado. Aquí no hay dictaduras. Aquí hay Estado de Derecho. Aquí uno se burla. Aquí se escribe. Y, sobre todo, aquí se folla a quien nos quiera callar."

Rui se rió. Una risa corta, pero divertida.

— "Estás jodido, tío."

— "No. Estoy vivo."

Colgué.

Ella ya había enviado el mensaje.

— "Listo," dijo.

— "¿Fue?"

— "Ya está."

— "¿DHL?"

— "DHL. Urgente."
— "¿Y respondió?"
— "Todavía no."
Nos quedamos callados. Alguien empezó a tocar el piano. Bach. Mal tocado. Tan imperfecto que sonaba verdadero. No era JUEGO.

Ella me miró. Sonrió. Una sonrisa seca. Pero verdadera.
— "Va a empezar."
— "Ya empezó."
***

7

La Tienda 304
Praga, 13 de mayo de 2025

El taxi nos dejó en un cruce equivocado. Señaló el hotel con la barbilla, luego arrancó como si huir de nosotros fuera parte del protocolo. Tal vez del JUEGO.

El viento venía de lado, con fuerza suficiente para empujar las bolsas plásticas contra los parterres y levantar las puntas de los abrigos más ligeros. Ella ajustó el suyo con un gesto breve, automático, sin mirar. No dijo nada.

Caminamos los últimos cincuenta metros. Las maletas chirriaban sobre las ruedas. El piso empedrado hacía vibrar los huesos de las manos. En la puerta del hotel, dos macetas con tierra reseca y colillas de cigarro.

En el mostrador, un chico de pelo grasiento y uniforme percudido. Nos pasó las tarjetas con la cara de quien se está cagando en el mundo.

— "Three, zero, four."

Era ahí.

Subimos en silencio. El ascensor chirriaba en los cables. Ella se recostó contra la pared espejada. La luz era azulada, cansada. El visor digital estaba rajado.

La habitación estaba limpia, sin personalidad. Cortinas pesadas. Cama demasiado blanca. Mueble oscuro sin alma. El aire olía a madera plastificada y del baño venía el olor a desinfectante barato.

Ella dejó la maleta, se sentó. Cruzó la pierna. El abrigo abierto ahora. Jersey de cuello alto, gris. Las manos entre las rodillas.

El teléfono fijo sonó. Tres timbrazos. Ella me miró. Yo no moví un músculo. Ella se levantó, contestó.

— "Yes... yes, that's me."

Pausa.

— "You can send him up."

Colgó. Se quedó con el auricular en la mano un segundo de más.

— "DHL."

— "¿Es ella?"

Ella asintió.

Me quedé quieto. El tiempo ahí estaba espeso. Ella no se levantó. Como nadie subió, bajé.

En el vestíbulo, un hombre bajo, con chaleco reflectante y cara de quien ya lo ha visto todo y ha dejado de importarle.

— "Sign here."

Firmé.

— "Have a good day."

Tomé el sobre. Tenía peso. Y forma. El plástico de burbujas no disimulaba: era un casete VHS.

Subí con ella en la mano. El ascensor seguía chirriando.

En la habitación, ella ya estaba de pie. Manos en la cintura.

— "¿Es eso?"

La dejé sobre la mesa. Rasgué las esquinas con los dedos. Saqué el contenido con cuidado.

El casete venía envuelto en un paño blanco. El mismo que lo envolvía cuando lo entregamos a Ernesto, pero lavado. Sin cinta fuera. Caja intacta. En la etiqueta, aún visible, la inscripción en árabe. Pequeñas gotas amarronadas junto a la esquina inferior. Coagulado. Seco. Imposible de quitar.

Ella no tocó.

— "Está limpio."

— "Sí."

Miré la etiqueta.

— "¡No entiendo!"
— "¿Qué?"
— "Esta cosa de la Primavera Árabe."
— "¿Qué significa eso exactamente?"
—"Pan, Libertad, Dignidad Humana."
—"Tiene que haber alguna relación con el juego. Eso significa algo."
—"Es un eslogan universal para revoluciones. Supervivencia, derechos políticos y respeto. La Primavera Árabe lo popularizó globalmente, pero la estructura, la idea, ya existía en otros movimientos."

Ella no respondió. Se sentó al borde de la cama. Se quedó mirando el casete como si fuera un huevo que pudiera romperse de dentro hacia fuera.

— "No tenemos reproductor."
— "Vamos a conseguir uno."

Nos quedamos así. La habitación detenida. El casete entre nosotros.

Como una pregunta.
Sin respuesta.
Todavía.

***

Salimos con el casete en su mochila marrón. La misma. Aquella con el nombre de su madre cosido por dentro. Ninguno de los dos sugirió otra mochila.

El cielo en Praga estaba blanquecino. Ese tipo de blanco que reseca la piel. No había sol, pero los ojos dolían.

Buscamos en el móvil. Tiendas de antigüedades. Reproductores VHS. Nada en los sitios grandes. Entramos en un forum de coleccionismo. Un tipo de Varsovia hablaba de una tienda pequeña, en la zona este de la ciudad, que compraba cintas pornográficas rusas y vendía reproductores.

El nombre era banal. Pero la dirección...
— "Tienda 304," dijo ella.
Me mostró la pantalla.

Calle de barrio, casi sin tráfico. Edificio de dos plantas, fachada sucia, una puerta de madera con pintura descascarada. El número grabado a navaja en una placa rota: 304.

Nos quedamos callados.

— "¿Coincidencia?" pregunté.

— "No hay coincidencias en el JUEGO."

El tranvía tardó. El interior olía a óxido y a pedos. Nos sentamos separados. Una estación antes de la nuestra, ella giró la cabeza.

— "El hombre. Está ahí," dijo Cecilia. O mejor, Melita, porque estábamos en JUEGO.

Seguí la mirada.

Era él. El de la noche del piano. Viena. El traje negro. Camisa blanca. Pañuelo rojo en el bolsillo. Ahora con un abrigo grueso encima, cuello levantado. Gafas de sol.

Llevaba unas zapatillas grises en vez de zapatos.

— "¿Tenemos que hacer algo?" dije.

— "¿Qué?"

— "Ir detrás. Perseguirlo. Girar el JUEGO."

— "O eso es lo que él quiere."

Él no nos miró. Caminaba despacio, pero con rumbo.

— "Nos está guiando," murmuré.

Ella me miró.

— "¿Bajamos aquí? ¿Lo seguimos?"

— "No."

— "¿Seguro?"

— "No. Pero vamos a la tienda."

El hombre giró a la izquierda. El tranvía a la derecha.

El 304 estaba justo ahí. Cristales empañados. Una bombilla amarilla colgando de un cable pelado. Entramos.

El sonido de la puerta — una campana rajada.

Olor a celuloide viejo y cuero falso.

Detrás del mostrador, un hombre gordo, calvo, jersey de lana marrón y manos manchadas de tinta de periódico.

Nos miró con desconfianza automática.

— "¿English?"

Asentí.

— "VHS player."

No respondió. Se dio la vuelta. Desapareció detrás de una cortina. Nos quedamos solos.

La tienda estaba llena de cosas: muñecos de madera; radios de onda corta; máquinas de escribir. Hacía frío. Un gato dormía sobre una pila de cintas de vídeo.

Ella pasó los dedos por una estantería. Se detuvo en un libro. Título en cirílico. Tiró de él. Era falso. Detrás, un hueco en el mueble.

— "¿Ves esto?"
— "¿Parte del JUEGO?"

No respondió.

El hombre volvió. Traía el reproductor. Negro, arañado, pesado. Sin caja.

— "Good condition," dijo.
— "Works?"

Encogió los hombros.

— "Probably."

Pagué en efectivo. Él metió el reproductor en una bolsa de plástico gris. La tinta del logo ya casi ilegible.

Salimos. El frío había subido. El viento cortaba más. Los árboles pequeños de la calle se doblaban.

Ella me agarró la mano.

— "Estás temblando."
— "No."

Pero sí.

Al fondo de la calle, el hombre del pañuelo rojo dobló la esquina. Se detuvo. Nos miró. Lejos. Pero directo.

Luego se giró y siguió andando.

— "¿Quieres seguirlo ahora?" pregunté.
— "No."
— "¿Por qué?"
— "Porque ya sabemos a dónde nos lleva."
— "¿A dónde?"
— "Al próximo nivel."
— "¿Y si es el final?"
— "Da igual."

El reproductor pesaba. Lo sentía en el brazo.

Volvimos al hotel en taxi.

El número del piso de la habitación apareció en el display del ascensor: 3.
En la puerta de la habitación: 304.
Ella no dijo nada.
Ni yo.
Pero los dos lo vimos.
Y lo sabíamos.
La cinta esperaba.
El reproductor estaba listo.
Y el hombre... el hombre seguía por ahí.
En algún lugar.
***
Conectamos el reproductor sobre la cómoda. El cable de alimentación era corto. Tuvimos que girar la televisión. El suelo crujió.

No encendió a la primera. La luz roja se prendió, pero enseguida murió. Le di dos golpes con la palma de la mano. Luego un sacudón. Dentro, se oyó un chasquido seco — como plástico partiéndose.

Volvió a encenderse. La luz quedó estable.
— "Está vivo," dijo ella.
No respondí. Abrí la tapa. Introduje la cinta. El motor chirrió. Se la tragó.

El mando no respondía. Controlé desde el panel frontal. Los botones estaban gastados. Había que apretar con fuerza.

Ella se sentó al borde de la cama. Los codos en las rodillas. Las manos en la barbilla. Los ojos fijos en la pantalla.

Yo me senté en el suelo. Apoyado en la cómoda.
Pulsé Play.
El sonido de la cinta corriendo se tragó la habitación.
Primero el ruido. Luego la señal. Después la imagen.
Granulada. Pero nítida.
Una habitación. Idéntica.
Una cama igual. Cortinas idénticas. Perspectiva igual.
Y yo.
Yo.
Sin duda.
Sentado en la cama. Camisa abierta. Pelo corto. La barba sin afeitar. La expresión que ella conocía.

JUEGO

Y la mujer.
No era ella.
Pero era como ella.
La forma de caminar. El gesto de los hombros. La manera de sentarse en el regazo. De reír.
Era ella y no era.
El sonido era bajo. Pero se oyó.
— "Octavio."
La voz de la mujer.
Después:
— "Leilac."
Después:
— "Adolfo..."
Ella no se movió. Todavía.
En la pantalla, empezamos a desnudarnos. Con gestos lentos. Teatrales. Pero reales.
Le toqué el rostro. A la otra. Ella cerró los ojos.
Le besé los dedos. Ella dijo mi nombre otra vez.
Cecilia se levantó.
No abruptamente.
Sino como quien no quiere pertenecer a ese minuto.
La miré.
Ella me miró.
Volví a mirar la pantalla.
Vi todo.
Esa mujer encima de mí.
El sonido de la respiración.
El nombre pronunciado.
La mano en mi espalda.
El final.
El corte.
La cinta se detiene.
La pantalla se quedó azul.
Solo el sonido del casete rebobinando, solo.
Cecilia fue hasta la puerta. Abrió.
Me miró de nuevo. Pero ahora con una mirada diferente.
Yo la miré de vuelta.

Ella no dijo nada.
Cerró la puerta con el mínimo ruido posible.
Quedó un silencio que no era físico.
Me levanté. Con las piernas fallando un poco.
Apagué el reproductor.
El casete saltó hacia fuera, lentamente. Como si supiera.
Me quedé ahí. De pie. Mirando el casete.
Toqué la tapa. Estaba tibia.
Fui hasta la ventana.
Afuera, las nubes habían bajado. El cielo tocaba los tejados.
Me senté en la cama. Tomé el teléfono. La llamé.
Apagado.
Llamé otra vez.
Nada.
Una vez más.
Buzón de voz.
Mandé un mensaje. Tres palabras: "¿Dónde estás tú?"
Nada.
Me quedé mirando al suelo.
La alfombra tenía una arruga junto a la cómoda. Probablemente de mis pies.
Volví a tomar el teléfono.
Deslicé los contactos.
Hannah.
La Toscin.
La de los libros.
La que siempre sabía.
La que nunca me falló.
Marqué.
Sonó.
Una vez.
Dos.
Cuatro.
Cinco.
Buzón de voz.
Mierda.
Volví a intentarlo.

Otra vez.
Una más.
Nada.
Dejé el teléfono en el suelo.
Apoyé la cabeza en la pared.
La habitación olía a cosa quemada. O a imaginación.
El reproductor aún hacía ruido.
— "Quiero salir de esto," dije en voz alta.
Me escuché.
Sonó ridículo.
Pero verdadero.
— "Ya no estoy para esta mierda."
Pensé en salir. Pero ¿salir a dónde?
Pensé en rebobinar. Ver de nuevo. Parar en un frame.
No pude.
Me quedé ahí.
La cinta encima de la cómoda.
El reproductor apagado.
El teléfono muerto.
Ella desaparecida.
Hannah ausente.
¿El JUEGO?
El JUEGO seguía.
Y yo ya no sabía si seguía jugando — o si era yo el que estaba siendo jugado.
***
Ella no volvió.
No ese día.
La puerta quedó cerrada, el pestillo corrido por dentro y la habitación se detuvo en el tiempo que ella dejó atrás.
Me quedé escuchando. Pero el pasillo era estéril. Ningún paso. Ninguna vacilación al otro lado. Nada.
El móvil mudo.
La pantalla oscura.
La cinta reposando, ahora fría, como si nunca hubiera sido vista. Como si todo fuera un sueño de vinilo, una película sin cinta. Pero yo la había visto. Y ella también.

Yo lo sabía. Sabía que era falso.

La imagen era demasiado perfecta. Los gestos, teatrales. Los sonidos tenían una cadencia coreografiada. La otra mujer, parecida a ella, se parecía a Camilla, la de mis libros, pero era un simulacro — diseñada para parecer, para doler, para no distinguirse. Pero falsa. Como los delirios. Como los miedos.

Y ella — la única en mi vida en ese momento — también debía saberlo.

Pero no se quedó.

No porque creyera que yo era culpable. Sino porque no confiaba en que no lo fuera.

Y esa mierda... esa diferencia minúscula... parte el mundo en dos.

Creer es aceptar que algo es posible. Confiar es entregar el cuerpo entero a eso. Sin armadura. Sin cláusula de escape.

¿Es posible amar a alguien sin confiar?

Sí.

¿Es posible confiar sin amor?

Tal vez.

Pero lo que nos mata — a nosotros, humanos — no es la mentira. Es el intervalo entre creer y confiar.

Ella creía en mí.

Pero no confiaba.

Quizá nunca haya confiado.

Y eso, eso sí, es el final de cualquier cosa que se llame amor.

Las relaciones siempre terminan así. No cuando falta el deseo, ni cuando escasean las palabras. Terminan cuando la confianza se evapora y solo queda la creencia funcional — como creer que un avión no se va a caer. Se cree. Pero uno se abrocha el cinturón.

De eso no está hecho el amor.

El amor sin confianza es un contrato con cláusula de disolución automática al primer error mal explicado. Encima, un contrato de adhesión. Una predisposición unilateral y por defecto, sin negociación previa, impuesto a los potenciales contrayentes.

La confianza es cuando se ve el error y se queda. Cuando se huele la duda y no se huye. Cuando el otro miente... y aun así se cree que, por dentro, todavía queda algo limpio.

JUEGO

Fui hasta la mochila. El portátil seguía ahí, medio escondido, como un objeto avergonzado de sí mismo. El peso no era físico. Era de tiempo, de silencio, de cosas que no se dicen. Lo abrí. La pantalla se encendió sin prisa, como si supiera que no iba a escribir nada ligero. El cursor parpadeando era una especie de provocación. Un insulto. Un pulso mecánico diciendo: o escribes o te atragantas. Y yo, que siempre he sido más de escupir que de tragar, escribí. Escribí como quien sangra por dentro y rechaza la transfusión. Escribí lo que no se dice en voz alta. Escribí un capítulo más del "JUEGO". No por voluntad. Sino porque era eso o morir despacio.

Tolstoy escribía con el peso del alma del pueblo. Yo escribo con el estómago. Pero entiendo lo que decía: que no hay paz mientras el corazón humano sea territorio de guerra entre lo que se siente y lo que se espera.

Ella esperaba perfección.

O esperaba que yo cayera.

Quizá parte de ella quería ese vídeo. Quería la duda. Para justificar la distancia que nunca pudo explicar.

Pero yo... yo solo esperaba que ella se quedara. Solo eso. Quedarse. Como se queda uno ante un incendio — a ver si es posible salvar algo.

Miré el reloj. No registraba el tiempo. Las manecillas parecían dibujadas. La luz de la calle ya no entraba. La habitación se oscureció sin pedir permiso.

La cinta seguía ahí. Como un ojo que no parpadea.

Cogí el teléfono. Escribí:

"Back (or write). Si vuelves, estaré aquí. Si no vuelves, escribe y es como si estuvieras."

No lo envié.

Lo borré.

Me tumbé sobre la cama. Rígida. Fría. El cuerpo aún vestido. Las suelas de los zapatos ensuciando la tela blanca. Joder.

Cerré los ojos.

No para dormir.

Sino porque el mundo ya no tenía nada nuevo que mostrar.

Y, al final, lo único que me quedaba era el silencio.

No el de su ausencia. El mío.

El silencio de quien, por primera vez, no tenía ninguna frase para escribir. Ni para sentir.

Solo un punto final que aún no ha decidido si es realmente el final.
 ***

8

Voces Superpuestas
Berlín, 14 de mayo de 2025

Llegué al final de la línea del S-Bahn sin saber qué buscaba. La ciudad parecía colapsar en sus propios sonidos. O tal vez era solo yo colapsando en cualquier ruido.

Había algo de concreto en Berlín — pero no firme. Los edificios se entregaban a la demolición con una dignidad que no se aprende. Me quedé unos segundos mirando el suelo mojado con el reflejo de los neones que vibraban en el agua sucia.

Cecilia no estaba. Eso ya era seguro.

Su número seguía apagado. Hannah tampoco respondía. Ni a la llamada. Ni a los mensajes. Ni a mí.

Pasé por la antigua librería en la Rykestraße. Ahora era una tienda de ropa con pretensiones anarquistas. La calle parecía igual. Pero no lo era.

Hice lo que ya no se hace: llamé a la puerta del tercer piso, donde vivía Hannah. Nadie contestó. Un vecino — cuarenta y tantos, mirada cansada — asomó por la cadena de la puerta de al lado. Cerró sin decir nada.

Estuve a punto de dejar una nota. Escribí "Llámame", luego la rompí. Hannah lo sabía todo. Y si no estaba apareciendo, era porque ya estaba dentro.

Del JUEGO.

Al salir, paré en un quiosco. Pedí un café. Estaba tibio, amargo y servido en un vaso con marcas de pintalabios viejas.

Hojée un periódico gratuito solo para parecer distraído.

Pero estaba pensando en la cinta.

La volví a ver.

Había comprado un reproductor nuevo — viejo, en realidad — en un mercadillo junto al Mauerpark. El tipo que me lo vendió no preguntó nada. Tenía manos de quien trabaja el hierro y ojos de quien ya no quiere saber lo que ve.

Llegué al hostel — no hotel — y conecté el reproductor sobre la cómoda de fórmica. La televisión era una Thomson gorda, con los colores ya saturados de origen. La cinta entró con dificultad. El reproductor la tragó despacio. Como si tuviera miedo.

Pulsé Play.

La cinta empezó con ruido. El tracking fallaba.

Luego apareció la imagen. La misma. Siempre la misma.

La habitación. La cama. Yo. La otra.

La vi otra vez. No quería, pero la vi.

El cuerpo de ella — de la otra — se movía con una familiaridad asquerosa. No por parecerse a Cecilia. No por intentar imitar a Camilla de mis libros. Sino por saber demasiado.

Camilla. El personaje. Pero también la mujer real. La amante de Leilac — el seudónimo que usé en los libros de espionaje antes de esto. Camilla era casi gemela de Mariangela, la heroína de "El Laberinto del Escritor", de "JUEGO de Corazones", de "Vuelve (o escribe)", de "Último Disfraz"— siempre ella. Era el eco de mi necesidad. Pero, en el fondo, no era más que un reflejo de Cecilia.

O tal vez Cecilia solo fuera el reflejo de ella.

O ambas, espectros del mismo deseo.

La imagen terminó. Quedó la pantalla azul.

Pero el sonido...

El sonido quedó.

Al principio pensé que era un error de grabación. Un resto de la bobina.

Pero después...

Escuché.

Primero un gemido. Luego una voz. La mía.
Después la de ella.
Después otra.
Las voces se superponían.
Decían el mismo texto. Pero en tiempos diferentes.
No era un eco. Era un desfase.
"Octavio."
"Adolfo."
"Leilac."
"Tú no me ves."
"Pero yo estoy."
"¿No era esto lo que querías?"
"Era."
"Mentiroso."
Me levanté de la silla.
Volví a rebobinar.
De nuevo.
Otra vez.
Siempre igual.
Las voces se cruzaban. Pero nunca encajaban.
Como si alguien hubiera hecho un remix emocional de una vida.
¿La mía?
¿La de ella?
¿La nuestra?
¿O de nadie?

Saqué la cinta. Abrí el compartimento. El carrete estaba intacto. El olor a cinta caliente subía del plástico. Apunté el móvil a la televisión. Grabé el sonido.

Necesitaba escucharlo en otro sitio.

Con otras máquinas.

Fui a la sala de sonido de la TechnischeUniversität, una universidad donde Hannah daba clases de criptografía. El guardia no me dejó entrar. Dijo que ella estaba de baja.

"¿Hace cuánto?"
"Tres semanas."
"¿Dijo adónde iba?"
"No."

"¿Dejó algún contacto?"
"No."
Lo dijo todo con la cara de quien dice "no" por centésima vez.

En el patio, me senté en un banco de cemento. Me puse los auriculares.

Escuché otra vez.

Las voces. Superpuestas.

Una de ellas parecía... parecía ser de ella. De Cecilia.

¿O era Melita?

¿O la otra?

¿La Camilla de mis libros?

La realidad temblaba.

El sonido no era lineal.

Era montaje.

O era verdad creada para joderme la cabeza.

Quizá ese era el JUEGO — joderme la cabeza.

Fui a una tienda técnica, de esas escondidas entre kebabs y sex-shops. Un indio con cara de ingeniero jubilado conectó los auriculares a un osciloscopio.

Dijo:

— "La curva es artificial."

— "¿Artificial cómo?"

— "No es ruido. Está creado encima de otra cosa."

Llevé el archivo a otro. Un alemán. Calvo, con *piercings* y *t-shirt* de Kraftwerk.

Escuchó dos veces.

Preguntó:

— "¿Esto es tuyo?"

— "Soy yo."

— "¿Hablando?"

— "Siendo hablado."

— "Interesante."

Salgo.

El cielo se estaba cerrando.

El Spree corría como una cosa que no quiere parar, pero tampoco tiene a dónde ir.

El móvil vibraba en el bolsillo.

JUEGO

Números desconocidos.
Ningún mensaje.
Ninguna Cecilia.
Ninguna Hannah.
Volví a la habitación.
Dejé la grabadora.
Miré la cinta como si pudiera responder.
Rebobiné.
Solo una vez más.
Play.
Silencio.
Luego, el sonido.
Las voces.
Las superposiciones.
— "Esto no eres tú."
— "Eres tú, pero no real."
— "Esta es tu parte que quiere ser amada."
— "Pero no lo merece."
Paré.
Me quedé escuchando el silencio.
No el de la cinta.
El otro.
El que viene después de escuchar demasiado.
Mañana buscaría peritos.
Hoy, solo quería no escuchar más.
Pero no pude.
Porque las voces...
Ya estaban dentro.

***

La grabadora seguía haciendo ruido, incluso apagada. No era el motor. Era lo que quedaba. El sonido residual de una cinta que me había excavado el cerebro hasta el hueso. Salí de la habitación sin cerrar la puerta. Llevaba el móvil en el bolsillo, pero apagado. El mundo ya hablaba demasiado.

Anduve sin mapa. Berlín no necesita guías — solo que caminemos. El asfalto sudaba. Las ciclovías estaban llenas de cuerpos apurados y ojos que no miran. Crucé la SchönhauserAllee con la sensación de que alguien me seguía, pero sin miedo. Ya no era eso lo que me inquietaba. Era lo contrario: la ausencia total de asombro. La posibilidad de que todo formara parte. Incluso el sinsentido.

Pasé por tres tiendas cerradas. Una herboristería que vendía ácido hialurónico e incienso. Un estanco con posters de conciertos de 2014. Una peluquería turca con la televisión encendida pasando una boda antigua.

Fui a parar al café Datscha, en Friedrichshain. Terraza al fondo, cuatro mesas vacías, una mujer fumando tabaco liado y escribiendo algo en un cuaderno sin líneas. Me senté en la esquina. Pedí un espresso. El camarero era esloveno. Dijo que volvía enseguida. No volvió.

Abrí el cuaderno. No el mío. El de la cabeza. El de los pensamientos que nadie quiere leer. Empecé a sumar todo.

El JUEGO tal vez no fuera una trama. Tal vez fuera un espejo. O un castigo. Una experiencia construida a partir de "Último Disfraz", mi novela anterior. Esa que todos acabaron leyendo. Una sátira sobre la manipulación emocional vía redes sociales. El algoritmo como arquitecto del deseo. El feed como versión moderna del destino.

Pero ahora... ahora el JUEGO hacía lo mismo, solo que sin código. En carne. En sudor. En silencios.

"Vamos a hacerte sentir lo que escribiste," pensé.

"Vamos a meterte dentro de tu propia historia."

Una manipulación de dentro hacia fuera. No por la curaduría del feed — sino por la curaduría del dolor. En vez de sugerir zapatos e indignaciones, sugerían escenas. Personas. Miradas. Toques. De eso se trataba. Ingeniería emocional. No con likes. Con carne.

Y yo... yo estaba reaccionando. Estaba siendo conducido como un algoritmo humano. Más predecible de lo que me gustaría admitir.

Levanté la mirada. Una pareja discutía en voz baja en la mesa de al lado. Él decía que no la controlaba. Ella decía que él controlaba todo. Tendrían poco más de veinte años, ropa de segunda mano y un aire de quien duerme poco por las razones equivocadas.

El café llegó. Frío.

Últimamente todos los cafés me llegaban así — fríos.

Igual lo bebí.

JUEGO

Abrí el móvil. Volví a escuchar el archivo. Las voces superpuestas. La frase final. "Esta es tu parte que quiere ser amada."
Volví a cerrar. Apoyé la cabeza en la pared de ladrillo desnudo.
La sociedad se estaba volviendo eso. Un reality show sin cámara. Una performance sin público. Solo yo ahí, viéndome desde fuera.
Si antes la manipulación era una industria, ahora era un deporte. El JUEGO tal vez fuera solo eso: un campo de entrenamiento para futuros asaltos a la psique.
Las voces seguían dentro.
Camilla, Cecilia, la mujer del vídeo, la mujer del libro. Todas con timbres diferentes. Pero diciendo lo mismo. Que yo no valía la pena. Que yo era mentira. Que el amor, en mí, era estupidez.
O tal vez solo fuera una cinta. Tal vez el VHS estuviera estropeado. Tal vez la grabadora estuviera escupiendo recuerdos falsos. Pero, ¿y si no?
Dejé caer la mirada sobre la calle.
Y fue ahí que lo vi.
Sentado al otro lado de la acera. En otro café.
El hombre.
El mismo.
El de la noche del piano, en Viena.
El de la estación de metro, en Praga.
Estaba allí.
Bebiendo algo en un vaso de vidrio grueso.
Ojos ocultos tras gafas oscuras, incluso con el cielo cerrándose.
No me miraba.
O miraba como si no mirara.
Me levanté.
Dejé dos monedas sobre la mesa.
Crucé la calle.
Cada paso dolía como un error mal borrado.
Fui hacia él.
Y eso...
eso ya no era JUEGO.
O sí.
Pero ahora jugaba yo.
***

El hombre no se movió cuando crucé la calle. Pero me vio. Sabía. El vaso de vidrio quedó sobre la mesa como una trampa mal puesta. Cuando estaba a tres pasos, él se levantó.

No con prisa. Con la calma de quien ya lo tiene todo planeado.

Giró a la derecha, se acomodó el abrigo y empezó a caminar. Caminar de verdad. Paso largo y dirección definida. Como quien ya sabe dónde va a terminar.

Aceleré.

Él también.

La grava de la calle se soltaba bajo nuestros pies como si no quisiera testigos. Pasamos por una esquina con carteles rotos anunciando conciertos que ya habían pasado o nunca iban a suceder. Él no miraba atrás. Pero me oía. Sabía que estaba cerca.

— "Hey!" grité.

Nada. Ni un giro de cabeza.

Aceleré aún más. Ahora ya corría.

Él también.

Dobló a la izquierda. Luego subió por un callejón estrecho, donde dos niños jugaban al fútbol con una botella de plástico. La pelota se desvió. El niño protestó en checo, no en alemán. Yo no respondí.

Ya estaba a dos metros de él.

Le toqué el hombro.

O lo intenté.

Dobla una esquina y desaparece entre dos edificios.

Berlín está llena de vacíos.

Este era uno de ellos.

Entré al callejón.

Muro alto. Contenedores. Un cubo metálico humeando con basura orgánica. Una bicicleta oxidada apoyada en una tubería. Y nada.

El hombre...

Nada.

No podía haber trepado — no había tiempo.

No podía haber salido por otra puerta — no había otra.

El callejón era un final.

Y él había desaparecido.

Miré hacia atrás.

JUEGO

Luego hacia arriba.
Silencio.
Avancé.
Abrí un contenedor.
Solo basura. Bolsas rotas. Un olor a comida muerta y periódico mojado.
Le di una patada.
Eco.
Nada más.
La respiración me golpeaba en las sienes. El corazón no latía — martillaba.
Me apoyé en la pared.
Cerré los ojos.
— "¿Qué mierda es esta?"
El JUEGO.
¿Era eso?
¿Era esto?
Un hombre que aparece en Viena. Reaparece en Praga. Ahora en Berlín. Y después... puff. Nada. Evaporado.
¿O nunca estuvo?
¿Estaría yo corriendo detrás de una pieza inventada?
¿Era un personaje mío?
¿Era un reflejo?
¿Era un mensaje?
Empecé a dudar del sonido de mis propios pasos.
¿Y si todo esto — la cinta, el video, la voz, Cecilia, la ausencia de Hannah — fuera una puesta en escena?
No desde fuera.
Desde dentro.
¿Y si el JUEGO fuera un espejo montado para devolverme la cara?
Pero no mi cara de fuera.
La de dentro.
La que escribe sin saber por qué.
La que ama mal.
La que traiciona antes de tocar.

Berlín giraba en silencio. Las sirenas no eran sirenas. El viento no era viento. La ciudad no respiraba — observaba.
Volví al inicio del callejón.
Miré de nuevo.
Nada.
No había escapatoria.
No había hombre.
Pero había una señal.
Allí. En el suelo.
Una tarjeta.
Mojada. Doblada.
Con el logotipo de un hotel.
Cipriani. Venecia.
La mano me tembló cuando la recogí.
Cecilia.
A ella le encantaba ese hotel.
Respiré. Una vez.
Dos.
Tres.
Miré al cielo. Estaba blanco. Como papel tapiz descascarándose en un cuarto donde ya se ha gritado demasiado.
Guardé la tarjeta.
El hombre desapareció.
El JUEGO no.
Y ahora yo...
yo iba a continuar.
Porque esto ya no era un JUEGO.
O sí.
Pero ahora, era mío.
***

9

Cipriani
Venecia, 15 de mayo de 2025

La maleta no era mía. Era de una marca que yo nunca compraría —demasiado perfecta, demasiado nueva, demasiado limpia para el tipo de viaje que esto ya era. Pero dentro, en el lateral interno del forro, estaba metida la nota. Doblada en dos, sin rasgaduras ni marcas, pero... equivocada.

El doblez.

No era de ella.

El papel era demasiado liso. Demasiado blanco. Olía a tienda. Y Cecilia, cuando escribía, usaba papel reciclado, con textura, o servilletas de restaurantes donde las palabras se deslizaban junto al vino.

Pero ahí estaba:

"No estoy en peligro. Necesito tiempo.
Cecilia."

Letra de ella. Sin errores. Con la "P" ligeramente oblicua y la "s" cerrada al final de "preciso".

Pero era falso.

Tenía todo de verdadero —excepto la verdad.

Llegué a Venecia en un tren donde nadie hablaba. El vagón parecía ensayado para el silencio. Salí con el abrigo demasiado caliente para el clima húmedo y la cabeza demasiado cargada para la ligereza de la ciudad.

En la estación, un cartel decía: "Benvenutinelsogno."

Me reí. Casi escupí en el suelo.

La ciudad olía a agua estancada y barniz viejo. El calor se pegaba a las rodillas y los turistas deambulaban como sonámbulos con el móvil en la mano.

Tomé un taxi fluvial. El conductor no preguntó nada. Ni yo. Le entregué el papel con el nombre del hotel. Asintió con los ojos.

Durante el trayecto, dejé que la ciudad desfilara sin tocarme. Las fachadas cayéndose, las farolas torcidas, los canales llenos de barcos que se empujaban sin prisa.

Cipriani.

Era allí. El hotel *fetiche* de Cecilia. Me lo había dicho una vez — "Si algún día desapareciera, sería allí donde me encontrarías."

Me acordé de eso en el preciso segundo en que el barco atracó.

Al llegar, un empleado — camisa blanca planchada, raya al medio hecha a navaja, italiano, con un inglés aprendido en series americanas — sonrió sin alma.

— "Benvenuto, signore."

— "Check-in a nombre de Adolfo Diniz."

— "Por supuesto. Tenemos un sobre para usted."

Se detuvo. Abrió un cajón. Tanteó como si la tensión estuviera pactada. Sacó un sobre marrón, pequeño, sellado con un lacre rojo. Otra hormiga cortada por la mitad como en Viena.

— "Lo dejó ayer. Una señora."

— "¿Qué señora?"

— "No sé, signore."

Mintió.

O estaba entrenado para parecer que no sabía.

Subí con el sobre en el bolsillo. La habitación era demasiado bonita para lo que sentía. Cortinas pesadas. Cama ancha. Fruta fresca. Agua sin gas. Vista a un canal casi muerto.

Abrí el sobre.

Despacio. Como quien abre una carta de rescisión de contrato con el mundo.

Dentro: cuatro fotografías.

Cecilia.
Nítida. Natural. Rostro limpio, cabello suelto.
Y un hombre.
Primera: caminando con él en la Fondamenta dei Mori.
Segunda: en una mesa de un café en Santa Croce.
Tercera: en la puerta de un hotel — no este.
Cuarta: él sujetándole la mano. Ella sonriendo.
En el reverso de la última, la frase.
"¿Parte del JUEGO?"
Fuente Courier. Impreso. No escrito a mano.
Me quedé quieto.
Como un animal atropellado que aún no ha caído.
Pensé:
"Si esto es la mierda del JUEGO, quiero acabar ya."
Volví a mirar el billete de la maleta.
"Necesito tiempo."
Firmado con el nombre que ya no pesaba nada.
Pero si no fue ella...
¿Quién escribe con su letra?
¿Quién conoce el doblez equivocado?
¿Quién sabía de la maleta?
Volví a la ventana.
El sol golpeaba las fachadas con la delicadeza de una paliza lenta.
El Cipriani se veía hermoso a esa hora.
Pero eso no era belleza.
Era decorado.
Y yo...
Yo era solo el idiota que todavía creía que podía salir de esto entero.
***

Subí la cremallera de la maleta despacio, como si pudiera callarla. Luego abrí el portátil. La luz de la pantalla iluminó la penumbra de la habitación con una frialdad que no encajaba con la humedad de la ciudad.

Tecleé: "hormiga cortada lacre rojo."

Las primeras imágenes parecían absurdas.

Arte conceptual.

Collages.

Un cuadro que me recordó a Dalí — las patas de la hormiga se disolvían en relojes de arena, la sangre chorreaba como pintura derretida.

Abrí los links. Cada definición parecía escupirme a la cara.

"Violencia y Fragilidad.
La hormiga dividida puede representar una vida interrumpida, muerte súbita o sacrificio.
El lacre rojo recuerda a sangre, sellando un destino trágico.
Algo pequeño fue aplastado por una fuerza mayor."

Eso era. O yo. O ella.

Toda mi vida siempre se había sentido así: aplastada, pero con pose. Como los cuadros de Dalí que coleccionaba — marcos caros sosteniendo pesadillas en forma de pigmento.

"Sello de un Secreto Oscuro.
La hormiga cortada es una verdad fragmentada. Una advertencia.
Quien rompió el lacre... descubrió algo que no debía."

Cerré los ojos. La cinta. Las imágenes. La letra de Cecilia.

¿Qué era verdad?

¿Quién estaba fingiendo fingir?

"Dualidad y Transformación.
Vida y muerte. Inocencia y culpa.
El lacre como punto de mutación.
Algo — o alguien — fue dividido para nunca volver a ser entero."

Sentí el estómago hacerse un nudo.

¿Y si la cinta fuera el bisturí?

¿Y si este viaje fuera el corte?

Seguí leyendo.

"Marca de un Poder Oculto.
El lacre rojo se usaba en maldiciones.
La hormiga destruida — el fin del orden natural."

Eso ya no era investigación. Era una bajada.

El portátil, una lápida brillante donde enterraba dudas esperando respuestas que me enterraran a mí.

"Metáfora de la Opresión.
Resistencia aplastada.
Opresión sellada.
Una advertencia: no salgas de la línea.
Arte Surreal o Sueño.
La imagen es un absurdo. Pero real. Como en una pesadilla donde los detalles diminutos adquieren la dimensión de un grito."

Cerré el portátil.

Me acordé de una nota en el periódico local — algo sobre una exposición en el Palazzo Ducale, sobre los secretos del gobierno de la antigua Serenissima. Los Piombi. Los antiguos sellos oficiales. El Consejo de los Diez, espionaje, juicios secretos y archivos lacrados.

Los sellos.

Los lacres.

Salí.

El camino hasta el palacio era corto, pero la ciudad parecía dibujada por un delirio. Escaleras que no llevaban a ninguna parte. Puentes que unían fachadas idénticas. Calles donde el aire sabía a moho y vino barato.

Al girar hacia la Riva degli Schiavoni, lo vi.

De nuevo.

El hombre del piano en Viena.

El de la estación de metro en Praga.

El del café en Berlín.

Estaba allí.

Al borde del Ponte della Paglia, apoyado en la barandilla, mirándome como quien ve una pieza moviéndose en el tablero.

Lo ignoré.

No había otra forma de seguir.

Entré en el Palazzo Ducale. El atrio olía a piedra húmeda y cera de museo. Fui hasta el mostrador de información y pregunté si era posible consultar los archivos.

La mujer dijo que alguien me atendería.

Minutos después, apareció un hombre — delgado, barba corta, gafas finas. Aire de quien sabe mucho y busca saber aún más.

— "¿Le gustaría acceder a los archivos históricos?"

— "Sí. Necesito encontrar el origen de un símbolo."
— "¿Qué archivos?"
— "Los de la República. O de la Inquisición. O del Consejo de los Diez."
— "Son millones de páginas. Muchos aún no están catalogados. Y hay varios niveles de acceso. Necesita una solicitud formal. Esto no es una biblioteca pública."

Hizo una pausa.
Luego añadió:
— "Pero dígame... ¿qué busca, exactamente?"

Saqué el móvil. Le mostré la foto— la hormiga cortada por la mitad, en el lacre rojo.

Él se quedó en silencio más tiempo del que debía.
Luego asintió con la cabeza.
Casi imperceptible.
— "Ya he visto eso antes. No aquí. En Zúrich. Hackers."
— "¿Hackers?"
— "Organizaban RPGs reales. Inmersivos. Juegos subterráneos. Fueron prohibidos después de una serie de... incidentes."
— "¿Qué tipo de incidentes?"
— "Personas que se perdieron en el juego. Suicidios. Disociaciones mentales. Gente que confundía el papel con la vida."
— "¿Y el símbolo?"
— "Era una firma. Una advertencia. O una invitación. Nunca quedó claro."

Le di las gracias.
Salí del palacio.
Y me pregunté:
¿Quién era ese hombre?
¿Empleado? ¿Jugador? ¿Pieza del JUEGO?
Ya no sabía distinguir actores de aliados.
Ya no sabía si aquello era locura, pista o trampa.
En la Piazza San Marco, junto al Campanile, volví a verlo.
El mismo hombre.
Las mismas manos.
La misma mirada.
Se quedó allí.

Quieto.
Como quien espera una señal.
Pero yo...
...yo ya no sabía si debía saludar — o...
***
Cuando me vio, se giró.
Y empezó a caminar.
Las palomas alzaron el vuelo todas a la vez cuando él se movió.
Yo fui detrás.
Corté entre sillas apiladas, tropecé con un fotógrafo japonés y empujé a una mujer con sombrero de paja.
Él doblaba esquinas sin dudar. Como si supiera el camino. Como si el camino fuera suyo.
Giró hacia la Calle Larga XXII Marzo. Aceleré. El sudor me corría por la nuca, pegaba la camisa al pecho. Él ya iba a veinte metros. Luego menos. Luego más.
Bajó hacia el canal.
Un barco. Pequeño. De madera. Toldo negro. Sin nombre.
Saltó dentro y gritó algo al conductor. El motor arrancó con un sonido de sierra eléctrica hambrienta.
Yo salté a otro.
— "¡Seguilo!"
El barquero me miró con ojos de sal.
— "Venti euro."
— "Il doppio se lo prendi."
El canal parecía estrecharse delante de nosotros. Su barco deslizaba como si supiera escapar. El mío temblaba en cada curva.
Pasamos bajo un puente bajo. Luego otro. Casi me di con la cabeza. Los reflejos de las luces golpeaban el agua como semáforos descoordinados. El olor era a algas, gasolina y madera.
Él giró a la derecha. Atracó en un pequeño muelle.
Saltó a tierra.
Yo también.
Subió corriendo por una calle estrecha que olía a pescado podrido y meada de perro. Pasó junto a una señora con bolsas del supermercado. Le tiró una al suelo. Las naranjas rodaron.
Entró en un edificio veneciano, decadente, puerta entreabierta.

Yo entré.
Subí tres pisos.
La madera de los escalones gemía.
Las paredes sudaban humedad.
Oí pasos. Arriba.
Subí más.
La puerta a la azotea estaba abierta.
Allí estaba él.
Al borde del muro.
Vista sobre el canal. La ciudad entera a sus pies.
Pensé:
— "Joder. No... no hagas esa mierda. No me apetece mojarme."
Pero él no saltó.
Vaciló.
Avancé.
Corrí.
Lo agarré.
Lo empujé contra el muro.
Lo sacudí.
Con fuerza.
— "¿Quién eres tú, carajo? ¿Qué es el JUEGO?"
Él no reaccionó. Respiraba rápido.
Las gafas cayeron. Ojos claros. Cansados. Asustados.
— "¡Habla!"
— "Yo... yo no sé nada sobre el JUEGO."
— "¡Mentiroso!"
— "¡Lo juro! Solo me pagaron para vigilar a la mujer. La del piano. En Berlín."
— "¿Cecilia?"
— "Creo que sí."
— "¿O Melita?"
— "No sé."
— "¿Por qué? Ella no está aquí."
— "Me dijeron que no podía acercarse a ti."
— "¿Por qué?"
— "No sé."
— "¿Quién dijo eso?"

— "Nunca los vi. Recibía mensajes. Órdenes. Dinero."
— "¿Y si ella intentaba acercarse?"
— "Tenía autorización para... neutralizar. Si era necesario, drogar. Retener."
— "¿Retener?"
— "No podía avisarte."
— "¿Avisar de qué?"
— "No sé."
Lo solté.
Cayó de rodillas. Respiraba como un perro atropellado.
Me quedé mirando el canal. El cielo se había oscurecido sin darme cuenta.
¿Entonces era esto?
¿Cecilia estaba del otro lado?
¿Quería hablar conmigo — pero alguien se lo impedía?
Ella no estaba jugando conmigo.
Estaban jugando con ella.
Dos juegos.
Mi JUEGO.
Y el suyo.
¿Y si ella no aguantaba?
¿Y si ya estaba del otro lado?
¿Y si se volvía loca? Si perdía en el juego, suicidios, disociaciones mentales, confundía el papel con la vida?
El archivero del Palazzo Ducale, o quien fuera, me lo había advertido.
La ciudad seguía viva.
El hombre seguía en el suelo, temblando.
Lo entendí.
El JUEGO no era un juego.
Era una trampa emocional en tiempo real.
Y yo...
...estaba atrapado.
Ahora estaba solo.
O tal vez no.
***

10

Juego de Interpretación de Papeles
Zúrich, 16 de mayo de 2025

El cielo parecía haber sido lavado con manguera y dejado a secar en un tendedero alto. Demasiada luz. Calor discreto, pero ácido. Veinte grados que se pegaban a la piel con educación, pero que, en las esquinas de las calles, empezaban a fermentar.

Bajé del vagón del S24 con la mochila al hombro y la sensación de estar en una película cuyo guion ya no recordaba. La Estación Principal de Zúrich escupía turistas, jubilados con mochilas a la espalda y jóvenes en silencio, cada uno en trance con su pantalla.

El móvil todavía vibraba de vez en cuando. Notificaciones que ni siquiera llegaba a abrir. Había apagado el GPS, la cloud, los backups. No era paranoia — era profilaxis.

En el vestíbulo de la estación, un letrero LED parpadeaba en tres idiomas y ningún sentido. El reflejo de la luz golpeaba las vitrinas de la tienda de relojes con una claridad tan clínica que dolía. Me vi en el espejo por error. No me gustó.

Fui andando hasta la Löwenstrasse. El viento soplaba por la derecha. NE. Seco. Ligero. Pero real. Como un recuerdo de que aún había mundo fuera de la pantalla.

Entré en un café pegado a un banco, fachada gris, nombre ilegible. Dentro, todo era ruido filtrado. Un jazz de segunda generación, tres mesas ocupadas, una máquina de café que sonaba a frenos gastados.

Pedí un espresso corto y me senté al fondo. Rincón oscuro. Enchufe al lado.

Abrí el portátil. Se encendió sin prisa.

Tor browser.

DuckDuckGo.

Foros cifrados.

Palabras clave: Lacre rojo. Hormiga partida. JUEGO. RPG real. Zúrich.

Un post antiguo. Enero de 2023. Título:

"LOS QUE SOBRARON."

Texto críptico. Mal escrito. Pero la firma era conocida. DN4.

Un antiguo hacker. Uno de los fundadores de los servidores oscuros de inmersión.

Encontré un contacto.

No e-mail.

Un hash.

Una hora.

Una geolocalización distorsionada: Langstrasse, esquina con Brauerstrasse, 17h00.

Salí antes de que el café se enfriara.

En el camino, la vi. De reojo.

Una mujer parecida a ella. No era ella. Pero las zapatillas sí. Blancas. Cordones mal atados. El andar elegante e intencionado.

Aceleré el paso.

Era otra. Más joven. Menos densa.

Seguí.

Langstrasse hervía con el calor urbano. Bares medio abiertos. Rostros sudados. Un hombre escupía en un callejón. Una chica con headphones decía fuck en voz alta sin público.

Me apoyé en un escaparate con ropa interior fluorescente. Esperé.

17h02.

Nada.

17h07.
Un hombre salió de un sexshop con una bolsa negra. Se detuvo.
Me miró.
Bajó la mirada.
Volvió a mirar.
Se acercó.
— "¿DN4?" pregunté.
No respondió. Abrió la mano. Una pen USB.
Me la tendió.
Luego se dio la vuelta.
— "Espera."
— "No. Habla con la cinta. Ella sabe más que yo."
Se rió. Risa gastada.
— "¿Crees que esto es un JUEGO?" pregunté.
Él miró por encima del hombro.
— "No. Es un teatro con armas reales."
Y desapareció por una calle lateral.
Volví al café. El mismo. El rincón. El enchufe.
Conecté la pen.
Solo había un archivo.
Nombre: "RESTOS_VERSAO2.mp4"
Vídeo granulado.
Imagen estática: una sala oscura. Una mujer sentada. El rostro desenfocado.
Pero la voz...
— "Este JUEGO no era para ti."
Pausa.
— "Era para nosotras."
Otra pausa.
— "Ahora ya no hay «nosotras». Solo los datos. Solo el rastro."
Corte.
Pantalla negra. Texto en blanco.
Zúrich. Final de línea. Contacta Bunker-13. Código: LEILAC. No uses tu nombre.
La luz de la pantalla se apagó.
Salí de nuevo. Fui a pie hasta Langstrasse 97.

El Bunker-13 era una tienda de informática cerrada con rejas al frente. Pero el timbre funcionaba.

Tres toques.

Un clic.

La puerta se abrió un palmo.

—"LEILAC," dije.

Me agarraron del brazo. Rápido.

El sonido de la calle cortado. La luz también.

Subimos dos pisos. Un pasillo estrecho. Olor a metal y moho seco. Un neón azul. Pantallas en las paredes. Una sala sin ventanas. Tres personas. Capuchas. Auriculares.

—"¿Quieres respuestas?"

Asentí.

—"Entonces escucha."

Encendieron un altavoz. La voz que salió era sintética, pero con respiración humana.

—"El JUEGO empezó como un RPG inmersivo. Puro. Curativo. Una forma de enfrentar miedos. Un ritual. No era comercial. Era real. Pero después... después vinieron los otros."

—"¿Quién?" pregunté.

—"Corporaciones. Mafias. Servicios paralelos. Pagaron para usar el modelo. Para distorsionarlo. Para simular traiciones. Insomnios. Quiebres. Para destruir."

—"¿Y ahora?"

—"Ahora es un arma. Tu JUEGO es una versión reciclada. Te lo vendieron como regalo. Pero fue encargado."

—"¿Por quién?"

—"No sabemos. Pero hay una lista. Nombres. Comandos. Audios."

Uno de ellos me entregó otra pen.

—"Analiza esto en otro sitio. Aquí no es seguro."

—"¿Y Cecilia?"

Silencio.

—"¿Ella estuvo en Zúrich?"

Silencio.

—"¿Está viva?"

—"El silencio es la respuesta más cruel que podemos dar."

JUEGO

Salí de ahí con la pen en el bolsillo. Sentí el sudor escurriéndome por la espalda baja. El sol aún alto. Pero ya sin brillo.

Me senté en un banco junto al Limmat. El viento soplaba con más fuerza ahora. Ráfagas cortas. Del noreste.

Cogí la pen. Pensé en abrirla ahí mismo. En el portátil. En medio de la calle.

Pero algo me hizo levantar la mirada.

Al otro lado del río, apoyado en la bicicleta, un hombre.

Camiseta blanca. Gafas de sol. Zapatos marrones.

La misma pose.

La misma calma.

¿El mismo actor?

Saqué el móvil. Fingí un selfie. Amplié.

No había reflejo en las gafas.

Pero había un símbolo en la camiseta.

La mitad de una hormiga.

Me miró.

Sonrió.

Señaló hacia el puente.

Y empezó a caminar.

Me levanté.

El viento aumentó.

Lo seguí.

Sin saber si era él.

Sin saber si era JUEGO.

Pero con la certeza de que, si me detenía, era el final.

***

Crucé el puente con los ojos puestos en él, pero la distancia nunca se acortaba. La gente pasaba entre nosotros como ruido de fondo —cuerpos bien vestidos, conversaciones en alemán y francés, una pareja que se besaba como si no existiera la vigilancia. El hombre cruzó hacia la Weststrasse. Luego giró en Bullingerplatz. Un mercado callejero. Puestos de fruta. Colores vivos. Plástico, bolsas, gente.

Lo perdí.

Esperé. Vi una sombra moverse detrás de un camión de pan turco. Corrí. Nada. Revolví todo. Detrás de las cajas, de la basura. Nada.

Solo una pegatina pegada a un poste de electricidad. La misma hormiga. Cortada. Pero ahora... con algo escrito debajo, a mano. En inglés.

"The next move is not yours."

Volví al hotel caminando. El cuerpo no temblaba, pero algo dentro latía. El ascensor subió demasiado lento. Habitación 304. Por supuesto. Otra vez. Ya ni siquiera me hacía gracia.

Entré. Cerré bien la puerta. Teléfono apagado. Cortinas corridas. Atravesé el escritorio contra la puerta. Encendí el portátil. Metí la segunda pen.

Tres archivos.
INSTR_AUD_01.mp3
OBS_CAMI_03.mp4
DADOS_COMP_CEC.TXT

Me puse los auriculares. Le di a play.

Voz masculina. Ronca.

"Si estás escuchando esto, ya fuiste más lejos de lo que debías. Lo que viene a continuación no es sobre ella. Es sobre ti. Las decisiones de ella fueron inducidas. Las tuyas... no tanto."

Pausé.

Abrí el .TXT.

"Camilla (Codename: Melita) presentó señales de resistencia inicial al papel. Adoptó la persona con eficacia, pero mostró comportamiento errático en los últimos días. Se acercó demasiado al sujeto-objetivo (tú). Intervención necesaria. Aplicado protocolo Omega-2 (distanciamiento emocional vía estímulo audiovisual manipulable). Resultados: aún en análisis."

El estómago se me dio la vuelta.

Camilla.

No Cecilia.

O tal vez siempre Camilla.

La mujer de los libros.

El personaje.

O el molde.

Abrí el video.
Era la habitación.
No esta. Otra. Pero igual. Cortinas parecidas. Luz amarilla.
Ella.
Sentada.
Sonriendo.
Sola.
Después, entra un hombre. No yo. Parecido. Pero no yo.
Ella se levanta. Lo abraza. Lo besa.
La imagen se pixeliza.
Vuelve.
Ella riendo.
El sonido falla.
Luego vuelve.
El nombre.
Ella dice:
— "Adolfo."
Pausé el video.
Rebobiné.
Otra vez.
Escuché bien.
No era su voz.
¿O sí?
¿Modulada?
¿Entrenada?
Fui al código del archivo.
Había sido modificado tres días antes. En... Barcelona.
Me detuve. Respiré. Bebí agua del grifo.
Sabía a metal.
Activé el modo avión. Levanté la alfombra. Saqué la tarjeta SIM. La partí.
Guardé el portátil. Metí todo en la mochila.
Volví a la calle.
La noche empezaba a caer.
El cielo dejaba pasar solo lo necesario. El viento se había calmado. Pero en la esquina de la plaza, vi una pantalla en un quiosco de periódicos.

Un video. Silencio. Pero el thumbnail era inconfundible.
Ella.
Sentada.
De frente.
Con un título arriba:
> "La verdadera Melita Romani – versión integral. #GameOrLie #BarcelonaDrop"

La sangre me subió a las sienes.
Un grupo de turistas miraba la pantalla. Uno de ellos se rió.
Me fui.
Taxi al aeropuerto. Sin billete. Sin plan.
Solo un destino:
Barcelona.
Donde ella iba a reaparecer.
O donde, por primera vez, iba a dejar de ser personaje.
Y yo... yo iba a descubrir si era capaz de seguir escribiendo después de eso.
O si, como todos los otros antes que yo... iba a rendirme.
***

11

La Caída en Bucle
Barcelona, 17 de mayo de 2025

El avión aterrizó con el sol de lado, cortando el cristal como un cuchillo sin aviso. Barcelona allá abajo, demasiado nítida. La ciudad no escondía nada: tejados color barro, palomas rozando antenas, ropa secándose en balcones sin pudor. El mundo estaba todo ahí. Al desnudo. Sin filtros. Como el vídeo.

Desactivé el modo avión aún con los neumáticos chirriando en la pista. La notificación apareció enseguida.

Remitente anónimo.
Asunto: "¿Ya viste?"
Cuerpo: solo un link.
Privado. No listado.
Plataforma rusa. Suficientemente oscura como para parecer confidencial.

Hice clic.
Se abrió con un aviso en español. Contenido sensible.
Acepté.
Esperé.
Play.
Ella.
Cecilia. O Camilla. O Melita. O solo ella.

Desnuda.

Sentada en el borde de una cama de hotel, sábanas blancas como propaganda.

El pelo recogido. Los ojos — los ojos eran los mismos.

Pero estaban demasiado tranquilos.

Él entró en escena.

Joven. Cuerpo esculpido.

Modelo, o algo parecido.

Sonrió. Ella devolvió la sonrisa.

Se abrazaron.

Se besaron.

Se desnudaron.

Pausé.

Volví atrás.

Pausé otra vez.

Mute.

Miré la pantalla. El vídeo no temblaba. No se pixelaba.

No era deepfake.

O era demasiado bueno.

Pero el sonido... el sonido tenía fallos. Pequeños.

Como en mi vídeo.

Volví a dar play.

Ella dijo el nombre de él.

No era el mío.

Después, dijo otra cosa. Demasiado bajo para entender.

Pausé.

Copié el link. Lo guardé en otro sitio.

Cerré todo.

El tren hacia el centro salió del andén 2— R2 Nord. Lo tomé sin pensar. La gente hablaba alto. Muy alto. Una mezcla de catalán, castellano y francés de turista. El aire acondicionado escupía viento tibio. La cabeza latía.

Bajé en Passeig de Gràcia.

Las calles ardían de luz. Los edificios brillaban en caliza enjabonada. Una mujer pedía monedas con un perro en brazos. Un hombre vendía cervezas de un balde con hielo falso. El mundo parecía normal.

Entré en cualquier hotel. Tarjeta falsa. Nombre prestado.
Habitación 311.
Por fin algo diferente de 304.
Vista a la nada.
Cerré las ventanas.
Me desnudé.
Entré en la ducha.
El agua golpeaba fuerte, pero no limpiaba nada.
Salí.
Toalla en la cintura.
Me senté en la punta de la cama.
Abrí el portátil.
Play otra vez.
Ella se reía.
Se giraba.
Se montaba sobre el otro.
La mano en el pecho de él.
La boca entreabierta.
El sonido de la respiración.
El nombre de él otra vez.
Pausé.
La duda ya no era si el vídeo era real.
Era peor:
¿Y si era real... dentro del JUEGO?
¿Y si ella, como yo, había sido lanzada a situaciones límite?
¿Si también la habían filmado, manipulado, puesto a prueba?
Pero... ¿y si no?
¿Y si en ese momento no había JUEGO?
¿Y si era solo deseo?
¿Solo cuerpo?
La rabia no vino.
Vino un vacío.
Un agujero sin sonido.
Cerré el portátil.
Agarré el abrigo. Salí.
La ciudad seguía ahí fuera.
Sagrada Familia, turistas, Gaudí hecho pedazos.

El mundo quería mostrarse bonito. Yo no quería mirar.
Bajé hasta el mar.
Barceloneta. Arena pegada a pies mojados.
Vendedores de mojitos falsos.
Grupos riendo fuerte.
Gente que no sabía que todo podía estallar en un segundo.
Me senté en un muro.
Vi el sol caer detrás de las grúas.
Y pensé:
¿Ella está conmigo?
¿O está con ellos?
¿O está con nadie?
El vídeo era un corte.
Una herida limpia.
Pero profunda.
Porque la cuestión ya no era si ella me había traicionado.
La cuestión era: ¿y si nunca me amó?
¿Y si nada — ni el beso en el aeropuerto, ni la mano en mi espalda, ni el "vamos juntos hasta el final" — si todo eso fuera guion?
¿Si ella también fuera una actriz?
¿Si yo fuera solo un adversario más?
Cogí el móvil.
Escribí un mensaje.
"Háblame."
Borré.
Escribí otro.
"Vi el vídeo."
Borré.
Escribí:
"¿Estás bien?"
Envié.
El mar seguía ahí.
Indiferente.
La ciudad hacía ruido.
El sol ya no se veía.
El teléfono vibraba.
Una notificación.

Nuevo mensaje.
Sin texto.
Solo un enlace.
Barcelona.
Fecha: mañana.
Título: "JUEGO: Transmisión en directo."
La respiración se me atascó en el esternón.
¿Qué iban a mostrar ahora?
¿Qué faltaba?
La noche llegó con viento.
El teléfono se me cayó del regazo.
Alguien pasó corriendo junto a mí.
Se rió.
Y yo...
yo no sabía si estaba despierto —
o todavía en el JUEGO.
***

Había dejado caer el teléfono. No me apeteció recogerlo. Me quedé allí sentado. El cuerpo pegado a la piedra caliente. La cabeza hecha ruido. El link del vídeo todavía ardiéndome en los párpados.

Escuché pasos detrás. Tres. Luego otros dos.
No me giré.
Una mano me empujó el hombro con fuerza.
— "¿Me das fuego?"
Levanté los ojos.
Dos. Uno más alto. Otro más flaco. Tatuajes mal hechos, acento castellano jodido.
— "No fumo."
— "No era una pregunta."

El flaco estiró el brazo. Me agarró el bolsillo de la chaqueta. Tiró. Intenté levantarme. El otro me dio un puñetazo en el estómago.

Seco.
Directo.
Sin emoción.
Caí de lado. La arena me entró en la boca.
— "Cartera."
— "No tengo."

— "Entonces, ¿qué tienes?"

Me registraron ahí mismo. Se llevaron el móvil. Se llevaron la *pen*. Se llevaron el reloj. El portátil. Hasta los auriculares.

La cartera, solo con tarjetas y veinte euros, también se la llevaron. Por deporte.

— "Buenas noches, Adolfo."

El más alto se rió.

No pregunté cómo sabía mi nombre.

Me quedé tirado en la arena. Una mujer vio. Pasó. Aceleró el paso. Un perro ladró. Yo no moví un músculo durante tres minutos. Después me senté. La camisa rota. El cuerpo temblando por dentro. No de miedo. Ni de dolor. De furia muda.

Me levanté. Fui andando hasta el hotel. Media hora. La ciudad ya no parecía ciudad. Era un decorado quemado.

Entré en el vestíbulo con la mirada baja. El recepcionista fingió no ver.

Subí a la habitación.

Me atrincheré.

Estaba de vuelta al punto cero.

Abrí el grifo. El agua salió con un sonido de escupitajo. Me lavé las manos. La cara. La sangre seca al borde de la nariz. Un corte en la ceja. Nada grave. Pero real.

Pedí comida por el teléfono interno. Todavía tenía crédito.

Arroz con huevo. Sopa tibia. Un agua sin gas. Acepté todo.

Comí despacio. Como quien no va a comer más.

El teléfono sonó. Interno.

— "Señor Diniz, ¿necesita algo más esta noche?"

— "Solo saber si todavía existo."

Silencio. Luego el clic.

Volví a mirar el reloj de la televisión. Pasaba de la medianoche.

Cecilia había dicho:

— "Son diez días. Fue lo que pagué."

Hoy era el décimo.

Hoy debía terminar.

Me quedé sentado esperando una señal. Un golpe en la puerta. Un SMS. Una notificación diciendo: "Felicidades, llegaste al final."

Nada.

Abrí la maleta. Revolví lo que me quedaba.
Ropa sudada. Un cuaderno con notas a lápiz. Una postal antigua de Venecia. Un calcetín sin par.
Y, en el fondo, entre el forro rasgado y la tela dura... algo.
Tiré de ello.
Un pasaporte.
Nuevo.
Sin desgaste.
Adolfo Diniz.
Nacionalidad portuguesa.
Fecha reciente.
Foto mía. Sonrisa neutra. Cejas más cortas.
Toqué la tapa.
Era falso. Pero perfecto.
Siempre podía ser útil. Nunca pensé que sí.
Lo dejé sobre la mesa.
Me quedé mirando.
Servía para huir.
Servía para cruzar fronteras.
O servía para quedarse un día más.
Porque había alguien en Barcelona que podía ayudar. Una amiga de verdad. De esas que recuerdan tu olor, incluso años después. De esas que dicen la verdad sin pedir disculpas.
Y mañana... mañana era día 11.
El día después del final del JUEGO.
O de su reinicio.
Apagué la luz.
Me acosté.
El pasaporte sobre el pecho.
Si alguien entraba esa noche, quería que me viera con él. Como quien ya no tiene nombre. Pero aún tiene un número.
Y tal vez un destino.
***
Desperté con un sonido que no reconocí.
No era el teléfono. Ni el intercomunicador. Ni alarmas. Era el sonido de un cajón abriéndose.
Me incorporé de golpe.

Nadie en la habitación.
El pasaporte ya no estaba sobre mi pecho.
Revolví todo. Nada.
Pero la maleta estaba más ligera.
La ventana estaba cerrada. Atrancada. La puerta también.
Me senté.
Respiré.
Pensé: quizá nunca estuvo ahí al principio. Quizá lo volví a guardar. Quizá nunca existió.
Miré al techo. La grieta en la pintura parecía una marca de cuchillo.
No me dejaban salir.
Pero no me dejaban parar.
Bajé al vestíbulo. La ciudad ya estaba despierta. El recepcionista no era el mismo. Este parecía no saber quién era yo. Ni hizo preguntas. Ni sonrió.

— "Necesito hacer una llamada internacional."
— "Necesita insertar una tarjeta de crédito."
— "No tengo."
— "Entonces no puede."

Salí.
Caminé por la ciudad. Crucé la Rambla sin verla. Giré hacia el Raval. Subí a Montjuïc. Bajé de nuevo. La ciudad ya no era Barcelona — era solo cemento con nombres.
Cerca de la Plaça del Pi, me apoyé en una pared. Tenía hambre. Pero el cuerpo ya no pedía.
Saqué el cuaderno que llevaba en la mochila. Era pequeño. Hojas de papel crudo. Allí había escrito tres números. Uno de ellos, de una amiga antigua.
Llamada imposible.
Fui hasta la estación de Francia. Me senté en los bancos de metal. El calor se reflejaba. Un policía pasó. Me miró de reojo. Yo no aparté la mirada.
Esperé allí dos horas. Pensando.
Después fui hasta su casa. La amiga. Llamé. Nada.
Esperé en la acera, como si fuera normal. Como si el mundo hubiera puesto todo en pausa, menos yo.

Por fin, a las 17:03, apareció. Pelo recogido. Gafas de sol. Traía bolsas del supermercado.
— "Joder, estás fatal."
Aceptado, con un suspiro.
Abrió la puerta sin preguntarme nada. Subimos.
Dentro, olía a tomate y vinagre de arroz. Plantas con hojas caídas. Un gato escondido. Libros apilados.
— "¿Sabes que hoy debería haber terminado, no?"
— "¿El qué?"
— "El JUEGO. Hoy era el día."
Ella me miró confundida.
— "¿Qué JUEGO?"
Negué con la cabeza. No respondí.
Me sirvió agua. Fría. Bebí.
— "Necesito salir del país."
— "¿Y cuál es el problema?"
— "No tengo documentos, ni dinero ni tarjetas. Me asaltaron."
— "¿Y a dónde vas?"
— "Nápoles. Necesito seguir una pista."
Ella suspiró.
— "¿Nápoles, en serio? ¿Y no podías elegir una ciudad más... viva?"
— "Es ahí donde todo va a explotar. Es ahí donde está el JUEGO."
No preguntó más. Ni dijo que estaba delirando. Solo fue hasta la estantería. Sacó un sobre.
— "Mi ex era artista. De esos de la *performance*. Trabajaba con un grupo de teatro. Una movida cultural, decían. Pero él decía que era más que eso y debía serlo, porque ahora está preso."
Dejó el sobre sobre la mesa y sacó de dentro dos objetos.
Una llave metálica, pequeña, marcada con un número grabado a láser. Y una tarjeta blanca.
— "¿Era de tu ex?"
— "Sí."
— "¿Sabes lo que es?"
— "Sé que es para emergencias. Y tú pareces estar en una emergencia."

Tomé la tarjeta. Letras impresas en negro:
"ShurgardGlòries
Carrer de la Ciutat de Granada, 44
08005 Barcelona"
Debajo, escrito a mano, con caligrafía corta e inclinada:
"cercadel Parc de les Glòries y la Torre Glòries"
Levanté la vista.
— "¿Es una box?"
— "Creo que sí. Ya fui una vez. Está pagada hasta diciembre."
Salimos media hora después, en un silencio que solo rompimos en la puerta del almacén. Ella hizo el check-in con un documento falso — era evidente que no era la primera vez — y seguimos por el pasillo largo hasta la box 43-D. La llave encajó sin resistencia.

Dentro, una caja negra, del tamaño de una maleta de cabina.
La abrí.
Dentro: tres pasaportes. Todos sin fotografía. Nacionalidades diferentes: italiana, francesa, portuguesa. Nombres comunes.
Permisos de conducir que coincidían con los datos.
Tres sobres gruesos. Uno con euros. Otro con dólares. Otro con libras. Todo billetes de bajo valor, doblados con precisión.
En el fondo, una pistola pequeña — Kel-Tec P-32, .32 ACP — envuelta en un paño azul. Al lado, una navaja de muelle, gastada, mango de madera oscura.
Una llave de coche, SEAT, y un papel doblado: una dirección garabateada a mano. También en Barcelona. Barrio industrial.

Ella me miró.
— "Es tuyo."
— "No necesito todo."
— "Llévalo."
— "Solo los euros. Un pasaporte. Un carnet que cuadre. La llave del coche... y..."
Me detuve.
— "La pistola."
Ella no respondió. Ni asintió. Solo se dio la vuelta.
Cerré la caja. Dejé allí los dólares y las libras.
Al salir, el sol ya estaba bajando. El cielo cortado por cables eléctricos y persianas metálicas.

Ella se fue. Yo seguí hasta la dirección del garaje. La llave abría sin dificultad.

En el interior, cubierto por una lona, estaba un SEAT León Cupra R — 2.0 TSI, más de 300 caballos, pintura negra, matrícula española. Lo abrí con la llave.

El motor arrancó a la primera. Ronquido bajo. Ansia mecánica.

Fui al hotel. Aparqué tres calles más abajo.

Antes, paré en una papelería de barrio. Compré pegamento líquido, tinta china, dos bolígrafos negros, un pincel fino, un cúter y unas tijeras escolares.

En una tienda de fotografía — de esas raras, con cabina — me saqué cuatro fotos tipo carnet. La chaqueta abotonada hasta el cuello. Ojos sin expresión.

En la habitación, con calma, dispuse los objetos sobre la cama.

Cogí el pasaporte con el nombre Lucca Marzotti. Nacionalidad: italiana. Natural de Lecce, Puglia.

Con cuidado, solté la solapa de plástico con el cúter. Introduje la foto. Pincelé pegamento por debajo. Fijé.

En los carnés de conducir, uno ya tenía foto — pero no era la mía. Desgasté los bordes con el pincel empapado en tinta.

De lejos, todo cuadraba. De cerca, solo los atentos lo notarían.

Lucca Marzotti. Italiano. Cuarenta y cinco años.

Metí todo en la mochila. Pasé el trapo por la pistola. Cargué.

La guardé en un bolsillo oculto de la mochila.

La ciudad, afuera, aún respiraba.

Pero yo ya no.

Mañana partía.

A Nápoles.

Donde las reglas no se aplican.

Y donde — tal vez — empezara el verdadero final del JUEGO.
***

12

El Laberinto Camorrista
Nápoles, 19 de mayo de 2025

El Seat arrancó con un estertor que me sonó a advertencia. Estaba oscuro, pero no la oscuridad de ciudad. Era la oscuridad de antes de la decisión. Tardé diecisiete minutos en salir de la puta Barcelona, royendo el volante como si tuviera dientes en las muñecas. Dormí poco. Un arroz frío, una ducha que no limpió nada, un insomnio arañando por dentro. La ciudad me dejaba. Y yo, a ella. Pero sin adiós. Como si nunca hubiera entrado.

Metí primera y fui. Ruta por la costa, sin GPS. No quería avisos. Quería perderme si era necesario. Dieciocho horas de carretera y un cuerpo que ya no sabía si quería llegar. Los brazos pesaban como castigo y la boca sabía a metal. La gasolina olía mejor que la idea de futuro.

La autopista se extendía como una amenaza lejana. Francia era un corredor con precios altos y casas iguales, con los mismos hijos de puta de palomas que fingen que no tienen enfermedades. Pagué los peajes con monedas, miré los nombres en los carteles como quien busca un error tipográfico. Nada. Solo normalidad.

Los ojos ardían. La lengua pegada al paladar. La radio solo me daba voces sin cuerpo, música de plástico y risas de gente que nunca fue traicionada. Apagué. El silencio era más honesto.

Hice todo el viaje sin ver mi cara en el retrovisor. No por olvido. Por asco, de mí mismo.

Pensé en ella. En Cecilia. O en Melita. O en la puta Camilla de mis libros que, quizá, era la misma. Pensé en el vídeo. En el sonido. En el olor de la cinta derritiéndoseme por dentro de la cabeza. Me acordé de Berlín. Del hombre que desapareció en un callejón sin salida. De la mierda de Hannah que no contestó. Del piano en Viena. De la hormiga en el lacre. De la hormiga partida como yo.

Las manos en el volante dolían. Cambié de carril solo para recordarme que podía. Puse 160, luego 140, después lo dejé caer a 90 como quien se rinde. En un momento, paré en un área de servicio cualquiera cerca de Menton. Lloviznaba sin ganas. Entré al café y pedí un panini que sabía a cartón húmedo — quizá hasta era bueno, yo es que ya no entendía nada. La mujer detrás del mostrador me miró como si fuera a pedir fiado. Yo estaba sucio. O lo parecía.

Volví al coche. Abrí la ventana. Encendí un cigarro que robé del minibar de Barcelona. El humo me quemó el ojo izquierdo. No lo cerré. Me lo merecía. Nunca había fumado. Pero desde el JUEGO, esta ya no era la primera vez.

La frontera con Italia apareció sin bandera. El cartel decía "Italia" como si fuera una broma. Yo entré como un perro callejero. Nadie me paró. Nadie preguntó. Todo legal, como las traiciones.

En un momento, paré el coche en un mirador donde no se veía nada. Me senté en el capot. Suelo mojado. Calor raro. Mezcla de primavera podrida y sudor seco. Revolví la mochila. El pasaporte falso seguía allí. Lucca Marzotti. Italiano de Lecce. La cara era mía, pero no era. Miré el documento como quien mira una sentencia de prisión.

Pensé en los libros. En los que escribí. En los que aún no escribí. En "Último Disfraz". En el nombre de Leilac. En lo que Musk me quiere hacer. En lo que la Camorra me prometió sin decir una palabra. En Paulo Pinto. En Mariangela. En sus ojos cuando me dijo: "Podemos hacer una pausa." Pensé que quizá ya estaba todo escrito.

Me metí en el coche y volví a la carretera. Ya olía a sur. Las palabras empezaron a perder la acentuación. La lengua de la radio ya me escupía vocales abiertas y amenazas veladas. Nápoles se acercaba como una idea antigua.

JUEGO

Vi un perro atropellado al borde de la carretera. No paré. Pero me quedé pensando. No por pena. Por analogía. El cuerpo tendido, los ojos abiertos, la boca aún húmeda. Pensé que quizá era la advertencia.

La gasolina ya iba por la mitad. El coche aún cantaba bien, pero el motor sonaba más ronco. Como si me entendiera. Como si no quisiera ir, pero aceptara.

Pasaban de las tres de la tarde cuando vi el cartel: Napoli – 237 km.

El estómago se retorció. No de hambre. De anticipación mal digerida. Aquello no era solo una ciudad. Era una respuesta.

O una pregunta final.

Paré una vez más. En un descampado a la salida de Cassino. La vista era sucia, pero había espacio. Estiré las piernas. Respiré. Un chaval en bicicleta pasó volando y gritó algo. No entendí. Quizá dijo "lárgate". Quizá dijo "ya fuiste".

Volví al coche. Encendí la radio. Una emisora local ponía una canción que a Cecilia le encantaba. Apagué con rabia. Luego volví a encender. Dejé sonar. Una especie de penitencia.

Entré en Nápoles a las 18h42. El cielo ya no era cielo. Era un trapo grasiento, tironeado desde dentro. Los edificios se tocaban como gente que ya se ha hecho daño y, aun así, se arrima. El tráfico chillaba en dialectos. Escupitajos en la acera. Las bocinas servían más para marcar territorio que para avisar.

No vine por casualidad.

Cuando revolví la mochila en la habitación del hotel en Barcelona — después del robo, después de la arena en la boca, después de toda la mierda — puse todo sobre la mesa, como quien vacía los bolsillos antes de ser arrestado. Quería saber qué me quedaba. Allí, entre un calcetín mojado y el pasaporte con el pegamento aún húmedo, estaba el papel arrugado que ella había dejado caer en el asiento trasero en Tánger. Ese que decía "Napoli".

No era exactamente un recibo — y eso fue lo que me hirió el ojo. Lo parecía. Pero no era. Papel grueso, doblado en tres. Una dirección. Solo eso. Dirección y un nombre que no era nombre. Tres consonantes, dos números. Y una cifra: "€10.000". Abajo, en mayúsculas, frías: "BITCOINS."

En medio del papel, metido como excusa, venía otro: un hash de transacción. Impreso. Blanco. Frío. Un código largo, de esos que no se inventan. Podía consultarse en cualquier explorador blockchain. Y era de la cuenta de Cecilia.

Así fue como entendí que Nápoles no era destino. Era punto de ignición.

Ahora estaba allí. Aparqué cerca de una plaza donde los hombres llevaban la camisa abierta como si siempre estuvieran listos para discutir y las mujeres hablaban por teléfono como quien amenaza a alguien que todavía ama.

Salí del coche. Me senté en el capot. El motor aún respiraba caliente bajo el metal. Los huesos también.

La calle estaba quieta. Pero a la izquierda, apoyado en la pared entre una carnicería y un estanco, había un hombre. Brazos cruzados, ojos fijos en mí. Como quien sabe que llegó primero. Y no necesita probar nada.

Yo no me moví.

Todavía.

***

Desperté con el sonido de un motor fallando afuera. Un Fiat Panda muriendo al cuarto intento. La luz que entraba por la rendija de la persiana no era luz — era una tortura. La cabeza latía en un ritmo de sirena húmeda y los riñones gritaban sed. Abrí los ojos. La habitación era tan anónima como yo en esa ciudad. Camisa arrugada en el suelo, mochila medio abierta, un zapato bajo la silla. La pistola dormía dentro de la funda de la almohada, como una criatura malnacida.

Bajé. La recepción olía a pan y a algo frito. No me preguntaron nada. Nadie pregunta nada en Nápoles si no quiere problemas. Entré al coche con el estómago rugiendo. Aún me quedaba media botella de agua — con gas. Y un cornetto hojaldrado que compré en la gasolinera entre Cassino y Capua. Eso estaba blando, sudado en el plástico. Me lo llevé a la boca mientras encendía el motor. La masa se deshizo en mi mano como si me escupiera. Relleno de crema y cualquier mierda ácida que me manchó la camisa al primer trago. El volante quedó pegajoso.

No paré. Puse segunda. Luego tercera. En cuarta, el volante se me fue un poco de la mano derecha mientras metía el resto del cornetto en la boca. Casi atropello a un tipo en Vespa que venía cortando por el arcén. Él gritó algo en napolitano que sonó a insulto. Mi mano derecha estaba cubierta de crema. El lado de la camisa, pegado. Y yo allí, conduciendo un SEAT, probablemente robado, sucio de azúcar y de ideas fijas.

La radio se encendió sola — o la toqué sin querer. Una voz de mujer leía las noticias con ese tono de quien nunca ha tenido que correr. "Napoli, il cuore della resistenza culturale..." — cambié. Estaba harto de lirismo.

La entrada a la ciudad fue lenta. Atascos como venas obstruidas. Los semáforos parecían ignorados por todos, menos por mí. Llegué al centro por calles secundarias. Evité los túneles. Evité la costanera. Quería llegar sin ser notado. Como un dolor de muelas que aún no se ha vuelto fiebre.

Tenía el papel en el bolsillo. Doblado, sudado, leído mil veces. La dirección escrita con una letra que no era la suya — pero el dinero venía de su cuenta. Y eso bastaba. Un nombre que parecía un código, tres consonantes, dos números. Una calle corta en una zona sin *glamour*. Casi industrial, casi residencial, casi olvidada.

Aparqué entre dos coches — un Panda y un Cinquecento, que parecía haber sido apaleado sin piedad. El motor se apagó con un chasquido de final de acto.

Salí del coche. El calor se sentía, pesado. El olor — mezclas de olores, de Nápoles, de mar, pescado podrido, mierda de perro y meados en las paredes. Me quedé allí, mirando. La camisa aún manchada de crema. El cielo, una manta sucia, sin brillo. Los ojos observaban. Los huesos sentían. La respiración era el único sonido que conseguía dominar.

***

La calle parecía más corta de lo que debía. Tres edificios, un callejón, un muro con alambre de espino y un perro durmiendo sobre una silla de playa. El número coincidía. La puerta era de aluminio, opaca, con una pegatina arrancada a la mitad:

"...vietatoentrare..."

Llamé una vez. Nada. Esperé. Llamé otra. Un pestillo se movió. Se abrió una rendija.

Del otro lado, un hombre.

Camisa blanca. Corbata negra. Chaqueta gris, demasiado ajustada. Reloj con correa metálica demasiado ancha para la muñeca. No dijo nada. Solo miró.

— "Vengo por esto."

Le mostré el papel.

Él no lo leyó. Dio un paso atrás. Abrió la puerta.

Entré.

El olor era el de siempre: cigarro, cuero viejo y sudor disfrazado con *after shave*. Había una televisión pequeña pasando un canal de música napolitana antigua. La imagen temblaba. El sonido era crujiente. Tres hombres sentados alrededor de una mesa redonda jugando a las cartas. Ninguno se levantó. Ninguno se giró. Un cuarto hombre, apoyado en la nevera, fumaba. El humo subía lento, como si no tuviera prisa por llegar al techo.

— "Siéntate."

Me senté.

El hombre más viejo — traje azul, pelo engominado hacia atrás, cuello abierto, cadena de oro en el cuello — habló sin mirarme.

— "Tú eres el escritor."

— "¿Lo soy?" pregunté.

Él hizo un gesto seco con la mano. Uno de los otros le pasó un sobre. El más viejo lo lanzó sobre la mesa. Aterrizó cerca de mi mano. Lo toqué. Estaba caliente.

— "Mira."

Abrí. Fotografías. Cecilia en un restaurante en Palermo. Luego en un parque en Roma. Después, ya en Nápoles, saliendo de este mismo edificio. Detrás de ella, el hombre del piano. El mismo. Otra vez.

— "¿Tienes idea de quién es ella?"

— "Claro."

— "¿De verdad?"

Me quedé callado.

Él encendió un cigarro. Me ofreció. Rechacé.

— "¿No habías empezado a fumar?"

— "Déjate de juegos. ¿Qué es esta mierda del JUEGO?"
— "El JUEGO no empezó contigo. Ni con ella. No es ficción. No es simulación. Es una herramienta. Fue creado para entrenar, luego para probar y ahora para castigar."
— "¿Castigar? ¿Castigar a quién?"
Él sacó otra fotografía del sobre. La colocó con dos dedos, como quien lanza una carta. Yo. En Lisboa. Saliendo del tribunal. Con Rui Madureira. No era pública. No era de este mundo.
— "Sabes lo que hiciste."
— "No."
Soltó una carcajada corta.
— "Hiciste preguntas. Escribiste cosas. Personas leyeron. Personas llamaron. Gente murió."
— "No lo sabía."
— "Pues ahora lo sabes."
Uno de los hombres al fondo tosió. No era tos. Era advertencia.
— "Cecilia fue tu entrada. No tu salvación."
— "No entiendo nada. Lo único que quiero es salir de este JUEGO de mierda."
— "Ahora no puedes salir."
El hombre que fumaba junto al frigorífico se movió. Tomó una carpeta negra. La abrió. Sacó de allí un contrato. Papel grueso. Impresión nítida. Sin logotipo.
— "Firma."
— "¿Qué?"
— "Continúa. El libro. El JUEGO. Pero con nuestro guion."
— "¿Y si me niego?"
— "Entonces firmas igual. Con sangre."
Me quedé mirándolo. Luego a los otros. Ninguno movía un músculo. No era teatro. No era puesta en escena.
El más viejo se levantó. Se arregló el saco. Pasó junto a mí. Dijo, casi como quien recita:
— "Cuando vuelvan a preguntar quién está detrás del JUEGO, di que fuiste tú. Y que la Camorra... la Camorra solo te editó."
— "Sigo sin entender nada. ¿Todo por culpa de la mierda de un libro que ni siquiera está escrito?"

— "Está escrito, sí. Pero como nosotros queremos. Eso es lo que pone ahí en el contrato que vas a escribir. Capito?"

Salió por una puerta lateral. Los otros lo siguieron. Uno tras otro.

Me quedé solo en la sala. El contrato aún sobre la mesa. La televisión ahora mostraba un videoclip con gaviotas sobrevolando ruinas. Yo ahí. Pensando. En medio de ese cliché cinematográfico de la mafia.

Tomé el sobre. Saqué las fotos. Las guardé.

Abrí la puerta.

Afuera, el mismo perro seguía dormido. Pero los ojos estaban entreabiertos. Como si vieran.

Entré al coche.

El volante seguía pegajoso. La camisa pegada al cuerpo. El papel del contrato dentro de la mochila. La pistola, más ligera de lo que debería.

Encendí el motor.

¿La próxima parada? Quizá un callejón. Quizá el final del JUEGO. O el inicio real.

Pero había algo seguro:

La Camorra tenía nombre.

Y ahora, yo tenía un contrato que lo probaba.

***

13

Códigos
Venecia, 22 de mayo de 2025

La terraza del Cipriani estaba casi vacía. Una pareja japonesa al fondo, dos rusos discretos, una americana con un perro miniatura que parecía de goma. Yo tenía la mejor mesa. Sol directo, pero filtrado por un toldo blanco con rayas azules. Un vaso con hielo a medias. Ninguna bebida aún. Pedí un Negroni, no porque me apeteciera — sino porque combinaba con la idea de mí en ese lugar.

La ciudad respiraba despacio. Como si supiera más de lo que mostraba. Venecia no era escenario. Era yo... y Cecilia.

Trece días después del inicio del JUEGO. Tres más de lo que debía. El plazo había terminado y yo seguía allí. Vivo. Solo. Con un libro por escribir y una mujer por encontrar. O perder para siempre.

El JUEGO al final no era JUEGO. O quizá sí. No del tipo que se juega. Del tipo que se escribe. Empecé pensando que vivía algo planeado por otros. Pero en algún momento, en Nápoles, entendí lo contrario: era el libro el que escribía el JUEGO. Y ese libro, si era mío, joder, entonces ahora mando yo.

Nada más de hostels con colchones de esponja y piojos que se agarran a los huesos. Nada de baños sin pestillo y jabones partidos por la mitad. Nada de recepciones con gente que te habla como si sobrases. Se acabó Tánger. Gibraltar. Marsella. Los techos mohosos, el olor a paja húmeda. Si soy yo quien escribe, entonces esto cambia.

Por eso, Cipriani. Sol. Madera encerada. Empleados que no preguntan nada. Una habitación con sábanas de lino. Italianas, de Frette. Un minibar con silencio. Un espejo que no me devuelve a un hombre derrotado.

Si soy yo el escritor del JUEGO, entonces soy también el actor principal. El director. El productor. Puedo cambiar el guion. Puedo decidir que ahora no quiero pistas escondidas en boxs en Barcelona, ni cintas con sangre seca. Puedo decidir que quiero respuestas. O que no quiero más preguntas.

Pero sigo aquí. Porque hay algo que me tira. Las ganas de entender. De entenderme. Y ella. Cecilia. Melita. La mujer que me dio el JUEGO como regalo y luego desapareció dentro de él.

La primera idea era escribir sobre viajes. Un libro llamado "FUI (y me quedé)". Una especie de cartografía emocional. No una guía, sino una entrega. Un testimonio. Porque quedarse es una forma de resistencia. Quedarse es un acto voluntario. Contra el impulso de huir. Escribí en el prólogo, más o menos así.

Pero después vino ella. Y el JUEGO.

Su compra. En Nápoles. El recibo. El hash de la transacción. La firma de quien no deja rastro, pero deja daño. Y el libro dejó de ser un libro. Pasó a ser un escenario. Con cámaras y tramas. Pasó a ser el JUEGO.

Dejé de escribir en Viena. Porque las ganas se disolvieron. Porque el deseo de narrar se perdió en el deseo de sobrevivir. Pero ahora lo entiendo. Era ahí donde debía haber empezado. Cuando ella abrió las cortinas y dijo "Cómeme. Aquí. Ahora."

No fue ella. Fue su personaje. Pero ¿qué importa? Si lo que sentimos era real. Si el placer era de verdad. El cuerpo no distingue entre acto y ficción.

Y el libro no murió. Fue aplazado. Porque si el JUEGO es un libro, entonces necesita un final. Y yo no puedo huir de él. Aunque el final sea mi muerte.

Pero morir es fácil. Difícil es quedarse.

Así que estaba allí. En Venecia. Donde todo empezó. O recomenzó. O nunca paró.

La ciudad no cambió. Pero yo sí.

Empecé a escribir con rabia. Con sed. Con la garganta ardiendo de preguntas que nadie responde.

Quizá ella quisiera un nuevo libro. Un libro con su nombre. Con una historia real. Sin Mariangela. Sin seudónimos. Sin Leilac Leamas.

Pero los libros de Leilac eran reales. Eran yo. Eran ella. Incluso cuando no tenían nuestros nombres. Incluso cuando escondían los gestos con palabras.

Entonces, ¿para qué? ¿Para qué me dio el JUEGO? ¿Para qué se borró dentro de él? ¿Para ponerme a prueba? ¿Para quemarme? ¿O para liberarme?

El camarero llegó con el Negroni. Hielo tintineando. Dejé el vaso sobre la mesa sin beber. Miré el color. Era el mismo rojo del lacre. De la hormiga cortada. De la cera que me siguió por Viena, Praga, Zúrich, Nápoles.

Trece días. Y nada. Ni un mensaje. Ni una pista. Pero a veces las pistas son los silencios.

La ciudad me refleja. En los escaparates. En los cristales. En los ojos de los otros. Pero el reflejo no es mío. Nunca lo es. Como si Venecia fuera una máscara que me devuelve deformado.

Me veo en un cristal. Y no soy yo. O sí. Pero escrito de otra manera.

Abrí el portátil. La bisagra ya no hacía ruido. Tenía que escribir. Empezar el capítulo trece. El libro se llama JUEGO. Es eso lo que ella quería. O no. Pero es eso lo que va a tener.

Empiezo:

> "En la terraza del Cipriani, con el sol golpeando el alma y un Negroni que no bebí, entendí que el JUEGO era un libro. Y que si era un libro, entonces yo era el escritor. Y si yo era el escritor, entonces esta mierda era mía."

Parecía bueno. Pero no era suficiente. Cerré el portátil. Miré alrededor. La pareja japonesa había desaparecido. La americana con el perro de goma leía un libro.

Me levanté. Caminé hasta la barandilla. La vista a la laguna. La ciudad reflejándose en ella. O ella reflejándose en la ciudad.

Si soy yo quien escribe, entonces que se joda. Que venga lo que venga. Pero la frase final es mía. Y será un punto. O un grito. Pero mío.

Falta saber qué hacer con el nombre de ella. Con el billete que venía en el sobre. Con la frase manuscrita. Con la palabra que apareció en la parte de atrás:

"Pinto."

Firmado, o no firmado, con la caligrafía que parecía la de Paulo Pinto.

Joder. Hasta él volvió. Claro que volvió.

Pero eso es para después.

Ahora, es Venecia.

Ahora, soy yo.

Ahora, escribo.

***

El primer golpe fue seco. Una cosa sin sonido, pero con dolor.

Desperté ya cayendo. La silla, volcada. El portátil en el suelo. El Negroni derramado en un charco rojo que parecía la escena de un crimen.

Y la mano aún agarrada a la nada.

— "¿Tú piensas que escribes qué?" dijo una voz, detrás de mí, con un acento de quien ya ha matado por palabras mal dichas.

Intenté girarme. No pude. Una puntera de zapato, zapato bueno, italiano, me aterrizó en el riñón izquierdo con precisión de bisturí.

— "¿Pensaste que habías salido?"

Otro golpe. En el hombro. El cuerpo se dobló.

— "¿Que estabas escribiendo qué? ¿Un final bonito? ¿Un epílogo de lino con cortinas y Negroni al atardecer?"

Levanté los ojos. Tres hombres. Elegantes. Corbatas apretadas. Camisas planchadas. Chaquetas de verano. Uno de ellos llevaba gafas oscuras y un pañuelo en el bolsillo que podía valer más que muchos coches.

El otro llevaba guantes. En un día caluroso.

El tercero no traía nada. Solo una carpeta de cuero. Y la mirada jodida de quien no necesita amenazar.

— "Es solo para avisar," dijo el de la carpeta.
— "¿Avisar de qué?" la voz me salió entre dientes apretados.
— "Que estás vivo por ahora. Pero solo por ahora."
Señalaron el portátil. El de la carpeta lo abrió. Leyó.
Leyó la frase con el "es mía la frase final".
— "Bonito. Pero mentira."
Y luego escupió. Encima de las teclas.
No me moví. No por miedo. Por cálculo.
Estaba de vuelta. A lo que ya sabía. Que nadie escribe mientras lo están apaleando. Que nadie controla la narrativa cuando tiene sangre en la boca. Que el cuerpo tiene precedencia sobre la ficción.
— "Esto no es literatura."
— "Es la Camorra."
Lo dijo como si me devolviera a la realidad. Como quien le quita la máscara al actor y muestra al enterrador.
— "¿Tú crees que tu escritura es inofensiva?" fue la retórica de uno.
— "Es solo un libro. Fue solo un párrafo. Fue solo un nombre que inventaste," afirmó otro.
Me quedé mirando. Un segundo.
No por lo que dijeron. Sino por todo lo que no dijeron.
Dieron media vuelta. Salieron de la terraza como si fueran los dueños. Y lo eran.
El camarero apareció dos minutos después.
— "Señor... ¿está todo bien?"
— "No."
— "¿Necesita que llame...?"
— "Llame... no. La cuenta... por favor."
Fui a la habitación. En el espejo, la cara no mentía. Tenía marcas. Tenía fallos. Tenía verdades cicatrizando.
Abrí el portátil. El teclado aún estaba mojado. Pero funcionaba.
Leí la frase: "ahora, escribo."
La borré.
Escribí otra:
"Ahora, soy escrito."
***

Bajé a la recepción. El *concierge* preguntó si quería que llamara un taxi acuático. Dije que sí. Pero no sabía a dónde.

Entré en el barco y di un nombre. Sin pensar.

— "*Questura*."

El conductor me miró.

— "¿Está seguro?"

— "Claro."

Se rió. Pero condujo.

***

En la comisaría, me recibieron con el desinterés típico de quien ya ha visto cadáveres y quejas sobre vecinos ruidosos.

— "¿Nombre?"

Pensé unos segundos, demasiado largos. Luego respondí:

— "Adolfo Diniz."

La policía miró. Tecleó.

Se detuvo.

Me miró de nuevo.

— "¿Puede repetir?"

— "Adolfo Diniz."

— "¿Documento de identificación?"

Metí la mano en el bolsillo de la chaqueta.

Dudé un instante antes de entregarle el pasaporte.

— "Aquí está."

Ella lo abrió, lo observó con atención y se detuvo en la fotografía. Se levantó. Desapareció por una puerta lateral.

Un minuto y medio después, dos agentes vinieron hacia mí.

Uno habló:

— "¿Puede acompañarnos?"

Seguí.

Sala blanca. Mesa. Tres sillas.

Se sentaron.

Uno de ellos dejó un *dossier*.

Lo abrió.

Después:

— "Este pasaporte..."

Lo pusieron sobre la mesa.

— "Es falso," dijo el otro.

JUEGO

Yo no dije nada.

El silencio era la única defensa que todavía me servía.

— "Va a tener que quedarse aquí."

— "¿Cuánto tiempo?"

— "Hasta que confirmemos su identidad. Y averigüemos de dónde viene este nombre. Adolfo Diniz no consta como nacido en ningún sitio de Lecce."

Sonreí.

— "Por supuesto que no. Fue creado."

— "¿Por quién?"

— "Por mí."

El segundo agente, más joven, lo anotaba todo.

— "¿Y por qué?"

— "Porque pensé que estaba escribiendo la historia. Pero, por lo visto, era ella la que me estaba escribiendo a mí."

Los dos se quedaron en silencio. Probablemente pensando que estaba loco.

Por la ventana se veía un callejón. Una sombra cruzó.

***

No dijeron "está detenido".

Dijeron: "va a tener que quedarse por aquí."

Con un tono de quien sostiene la puerta lo justo para que la esperanza no salga, pero tampoco la deja entrar.

Me quedé sentado en la silla durante lo que parecieron tres horas — quizá más. El segundo agente salió, volvió, salió de nuevo. El otro se quedó. No me preguntó nada. Ni me miró. Solo respiraba fuerte. Olía a tabaco y a cansancio con vicio. El tipo de cansancio que ya no tiene cura.

La silla era más baja de lo que debía. El respaldo, demasiado inclinado. Estaba hecha para romperme. No rápido. Despacio.

Cuando me trajeron agua, ya llevaba dos días con sed.

Estaba tibia. Pero era agua.

— "¿Ya descubrieron quién soy?"

— "No."

— "Mentira."

Parecía que todos estaban locos. Pero yo quería ver hasta dónde llegaba esa locura, ese JUEGO.

***

Me trajeron una manta a las tres de la mañana. Azul, militar, con el olor de mil otros cuerpos. El banco fue cambiado por una camilla con el vinilo rasgado. La celda —porque ahora era eso— quedaba en el piso de abajo, junto a otras tres. Una estaba vacía. En la otra, un hombre dormía con la mano metida dentro del pantalón. En la tercera, alguien lloraba sin sonido. El guardia que me encerró no habló. Solo cerró con dos vueltas de llave.

El suelo estaba húmedo. Las paredes, rayadas con nombres y fechas. "Gianni ama Lucia. 09/08/2024"

Pensé en escribir una también. Pero no tenía clavos ni tiempo. Y tal vez ya no me quedaban frases nuevas.

***

Por la mañana —o lo que creía que era mañana, porque allí el tiempo dejaba de tener forma— vinieron a buscarme.

— "Alguien dejó esto."

Un sobre.

De papel. Blanco. Con mi nombre verdadero. El nombre que solo las personas reales, de mi vida, conocían.

No "Adolfo".

No "Lucca".

El mío.

Saqué de dentro el papel doblado.

Una frase.

Escrita a mano.

Tinta negra.

> "Intenté hablar contigo. No dejaron. En cuanto recibí tu mensaje, contraté un abogado italiano."

En la esquina inferior derecha, una firma con letra que yo conocía de otros tiempos.

No de libros.

Ni de contratos.

Ni de amenazas.

Paulo Pinto.

***

Los guardias volvieron.

— "Tiene visita."

JUEGO

Me levanté.
***
El abogado parecía salido de una película italiana de los años 70. Zapatos de cuero impecables, corbata de seda azul grisácea, cabello con la raya al lado y una forma de mirar que decía: "yo sé cosas que tú no sabes y prefiero que siga así."

— "Señor Diniz —o debo decir... señor... sea-quien-sea— mi nombre es Giulio Taviani. Fui enviado por un amigo suyo."

— "¿Paulo Pinto?"

— "Exactamente."

Sonrisa seca. Mano firme. Un gesto al guardia, que desapareció sin hacer ruido.

— "He conseguido liberarlo basándome en jurisprudencia sobre detenciones preventivas sin identificación forense concluyente. Pero tendrá que presentarse mañana ante el juez de instrucción."

— "¿Por el pasaporte?"

— "Sí. Y no solo por eso."

Se sentó. Cruzó la pierna.

— "Ese pasaporte fue hecho para joderlo."

— "¿Cómo así?"

— "Tiene fallos gruesos. Márgenes desalineados. Papel equivocado. El holograma no resiste ni la luz de un encendedor. Un profesional nunca dejaría pasar esto."

— "Solo fue una broma. Un JUEGO."

Él se detuvo. Se inclinó ligeramente.

— "¿JUEGO?"

— "Sí."

— "Esto no es JUEGO. O es estupidez. O es una trampa."

Hizo una pausa.

— "Y cuando estupidez y trampa van de la mano... es porque alguien las está guiando."

— "¿Cree que querían atraparme?"

— "Creo que querían ponerlo a prueba. O exponerlo. Y consiguieron ambas cosas."

— "¿Y ahora qué?"

— "Ahora quédese quieto. No salga de Venecia. No salga del hotel. Mañana, 9:15, Tribunaledi Santa Croce. Preséntese. Hable poco. Mire al frente. Y espere."

— "¿Y si me vuelven a detener?"

— "No va a pasar."

Sacó una hoja del bolsillo de la chaqueta. Una tarjeta de visita con teléfono y dirección.

— "Si desaparece antes de la audiencia, no vuelvo a llamarlo. Se acabó. Ningún cliente mío huye."

Hizo ademán de irse.

— "Giulio."

— "¿Sí?"

— "Grazie."

Él asintió.

— "Por ahora no he hecho nada. Esto es solo el prólogo. El drama aún está a la mitad."

***

Cuando salí de la celda, la luz del patio parecía equivocada. Demasiado clara. Demasiado inofensiva.

Me senté en un banco junto a la salida. Saqué el móvil. La batería aún viva.

Primero llamé a Paulo Pinto.

Sonó.

Volvió a sonar.

Nada.

Volví a intentarlo.

Sin señal.

Mandé un mensaje:

"Ya salí. Gracias. Necesito hablar contigo."

Estado: no entregado.

Probé WhatsApp. Visto por última vez: ayer, 18:47.

Envié:

"Llámame."

Nada.

Telegram.

Cero.

Signal.

Inexistente.
Cerré todo.
Respiré.
Pensé.
Abrí los contactos.
Hannah. Toscin.
Llamé. Sonó.
Una.
Dos.
Tres.
Buzón de voz.
Joder.
Otra vez.
Cuatro.
Cinco.
Seis.
Nada.
Por fin...
Cecilia.

El nombre apareció. La foto seguía siendo de ella, sonriendo, en la casa de Scopello.

Sonó.
Atendió.
Colgó.
Llamé de nuevo.
Rechazado.
Llamé una vez más.
Apagado.
La ciudad afuera seguía igual.
Pero yo ya no.
Y por primera vez en todos esos días...
el JUEGO parecía no tener guion.
O, si lo tenía,
no era mío.
Y quizá nunca lo fue.
***

14

El Juicio y la Fidelidad
Venecia, 25 de mayo de 2025

La toga del juez parecía más grande que el hombre. El tribunal, una sala donde el aire parecía pesar más de lo necesario. Santa Croce, nueve de la mañana. Yo, con camisa blanca arrugada y ojos que ya lo habían visto todo, sentado en el banco de la realidad —que es como debería llamarse ese lugar, y no banco de los acusados.

— "QuestoTribunale, visto l'articolo 477 delCodicePenale..."

La voz era firme, pero no agresiva. Un tono ensayado, leído con la misma solemnidad con la que se recita una misa de séptimo día. Seguí mirándolo como quien escucha una sentencia que ya conoce.

— "...che prevede per la falsificazionediattopubblico da parte diprivato la pena detentiva da sei mesi a treanni..."

Mi cabeza se movía despacio, casi imperceptible. El cuerpo decía: sí, fui yo. El alma decía: joder, fui yo.

— "...questoTribunaleritienel'azioneascrivibilepiù a un gesto imprudente e dicattivogustoche a una condotta criminosa coneffettivo intento fraudolento..."

Mi abogado se mantenía de pie como un perro de raza: atento, pero contenido. Había hecho lo que prometió. Evitar la cárcel. Evitar lo peor. Yo solo tenía que escuchar.

— "...la pena detentivadi sei mesivieneconvertitanellasanzionepecuniariadimille euro."

Fue eso. Así. Una decisión sumaria, leída con el aburrimiento técnico de quien juzga falsificaciones todos los días. Yo, allí, juzgado por ser personaje. Por intentar escapar. Por creer que podía elegir el nombre con el que entraba al mundo.

A la salida, el abogado explicó en un tono casi pedagógico:

— "Es simple: pagas los mil euros. Ellos quieren el teatro, el dinero, no la cárcel. Pero si vuelves a usar documentos falsos, es peor. No hay excusa dos veces."

— "Pero ya estuve preso."

— "Estuviste detenido."

— "Detenido es un eufemismo."

— "No te esposaron, ni te tomaron las huellas. Fue una escena fea, pero limpia. Ahora estás fuera."

Me quedé mirándolo. Con ganas de agradecerle. Con ganas de gritar. Con ganas de desaparecer.

— "Una cosa más," dijo él, antes de darse la vuelta. "Ese pasaporte... estaba mal hecho a propósito. Tinta en exceso en la línea biométrica, laminado irregular. Fue diseñado para llamar la atención. Ya te lo había dicho y lo repito: un profesional nunca lo habría hecho así. Alguien quería que te atraparan."

***

En la entrada del tribunal, la ciudad volvía a respirar. Las góndolas pasaban como si nada. Los turistas miraban el mapa como si la vida fuera una intersección de calles antiguas y restaurantes con menús traducidos.

Y fue ahí cuando la vi.

Al otro lado del canal. Al fondo. Al sol. Cecilia.

O el cuerpo de ella. El pelo, suelto como a ella le gustaba. Los hombros descubiertos. Las sandalias verdes, ligeras. Al lado, el hombre. El mismo hombre. El del vídeo. El modelo. El espectro.

Ella se giró. Lo besó.

Mi respiración se bloqueó. El pecho se volvió frío, helado. Como si el corazón hubiera sido sumergido en el agua del canal.

Pasaron turistas por delante.

Cuando miré de nuevo — nada.

JUEGO

Fui hasta allí. Corrí. Tropecé con un fotógrafo con una t-shirt que decía "Venice Vibes". Pregunté. Nadie había visto nada. Nadie ve nada en esa ciudad.

Busqué entre los arcos. Entre las calles. Entre los reflejos.

Nada.

— "Si ella está haciendo esto en el JUEGO, besando a otro hombre solo para provocarme... entonces esto no es una estupidez," me dije. "Es traición."

Pero algo no cuadraba. Algo... mal. La forma en que ella lo miró. No era fingimiento. Era entrega.

O entonces estaba interpretando tan bien que ya ni recordaba el papel.

***

Entré en una iglesia. Al azar.

No soy católico. Ni siquiera creyente. La única fe que tuve murió de sobredosis todavía en la adolescencia. Pero entré. Porque el mundo afuera estaba demasiado real.

La luz se filtraba por vitrales rotos. Un cura viejo limpiaba el altar con un paño blanco. Me vio. No habló.

Me senté.

Me quedé allí. Respirando. Intentando no llorar. Intentando no gritar. Intentando no existir por cinco minutos.

Él se acercó. Se sentó a mi lado.

— "¿Está todo bien?"

No respondí.

— "¿Quiere caminar un poco? Hay un claustro. Aire libre. Cielo visible."

Me levanté. Fuimos. Dos hombres caminando entre piedras que han visto más fe de la que el mundo merece.

— "No creo en Dios," dije yo.

— "También hay días en que yo no creo."

Sonreí. Por primera vez en quince días.

— "Pero creo en la fidelidad," continué.

— "¿Incluso cuando falla?"

— "Es ahí cuando duele."

— "La fidelidad no es una certeza. Es una elección. Repetida. Incluso cuando el otro no lo merece."

— "¿Y si no es recíproca?"
— "Entonces es amor. Porque amar... es no exigir retorno."
Me quedé callado. El sol golpeaba las piedras con un calor dulce.
— "¿Y la identidad?" pregunté.
— "La identidad es la suma de los gestos que repetimos cuando nadie nos ve. Y de lo que elegimos hacer cuando todo se rompe."
— "Ella besó a otro."
El cura lo entendió todo.
— "El amor no es exclusividad."
— "¿Eso consuela?"
— "No. Pero enseña."
Nos quedamos en silencio. Las hojas de una enredadera se movían al ritmo del viento.
— "Gracias," dije. Pero él estaba equivocado.
— "La casa de Dios es de todos. Incluso de los que no creen."
Salí de la iglesia.
Lo entendí todo. Incluso su error.
Y por eso mismo, dolía más.
***
En el hotel, pedí la cuenta.
Tarjeta. Rechazada.
Probé con otra. Nada.
Entré en el homebanking. Una cuenta bloqueada. Otra: saldo cero. Una offshore en Malta: desaparecida.
Probé todas. Una por una.
Todas a cero. O muertas.
Solo Toscin, la de mis libros, podía borrarme así. O Hannah.
Pero Toscin era ficción.
Y Hannah... nunca haría eso.
La última cuenta — una offshore antigua, olvidada. Mía y de mi hermana. Aún viva. Tenía algunos miles.
Transferí a una cuenta de Revolut, en Lituania. De esas que nunca usaba, pero que dan tarjetas en aeropuertos.
La tarjeta seguía en la maleta. Con una marca. Pero funcionaba.
Pagué el hotel. Compré el billete a Lisboa.
Pero antes, intenté llamar.
Paulo Pinto. Llamada: sin red.

JUEGO

SMS: no entregado.
WhatsApp: dos tics grises. Nunca azules.
Telegram: nada.
Signal: ningún rastro.
Llamé a Hannah.
Llamada: sonando.
Una. Dos. Tres. Cuatro. Buzón.
Toscin — en mis libros — siempre contestaba al tercer tono.
Llamé a Cecilia.
Apagado.
No lo intenté más.
Me quedé allí.
Con el móvil en la mano.
Con la ciudad a mis pies.
Con la certeza de que nada — pero nada de verdad — estaba bajo control.
Ni yo.
Ni el amor.
Ni el JUEGO.
Próxima parada: Lisboa.
***

15

Don Pablo de los Libros
Lisboa, 27 de mayo de 2025

Llovía de lado. No era lluvia de novela — era lluvia de mierda, de esas que arrugan los papeles en el bolsillo y hacen que los zapatos resbalen en las piedras de caliza de la calzada portuguesa. Lisboa estaba húmeda, sucia y eructando turistas en una bohemia enferma.

Subí la Calçada do Combro como quien huye de una historia con argumento torcido. La entrada del café era invisible a simple vista. Una puerta de hierro fundido, oscurecida y sin nombre. Dos sillas de mimbre rotas dentro. Una televisión encaramada sobre una caja de fruta vacía. La cara de Rui Rio cambia de canal a un partido de la liga turca.

Él ya estaba allí. Solo. Chaqueta oscura. Periódico abierto. Café a medio beber. La punta del dedo con una tirita. Pelo despeinado a propósito. Paulo Pinto fingía que me esperaba hacía poco. Pero el cenicero decía lo contrario.

— "Llegaste. ¿Estás bien? Siéntate."

Me senté. Él dobló el periódico despacio. La esquina inferior derecha estaba rasgada. Tenía marcas de café.

— "Estás diferente," dijo.

— "Tú igual."

Sonrió con un solo ojo. El otro parecía cargado de arena o sueño.

— "Intenté llamarte. Un montón de veces."

— "Estuve en Vinagra," dijo él. "Sin señal. Literalmente. Una semana entera viviendo como en los años noventa."

— "¿Entonces qué pasa? ¿Cómo acabaste preso en Venecia?"

No respondí enseguida.

— "Una mierda de JUEGO."

— "¿Un JUEGO?"

— "Una movida estúpida. Complicada."

— "¿Y Cecilia?"

— "Pues. Ojalá lo supiera. ¿No habló contigo?"

— "La última vez que la vi fue en diciembre. Me preguntó si sabía lo que era un hash de transacción."

Me quedé callado. El camarero me trajo un café y agua.

— "¿Entonces sabes del JUEGO?"

Él sacó un paquete de SG Ventil. Encendió con un mechero transparente. Rojo. Con el símbolo del Benfica rayado con navaja.

— "No tengo ni idea de lo que hablas. Ella solo me preguntó qué era un hash, porque quería hacer un pago en bitcoins y registrar la prueba."

— "Pero eso fue para pagar el JUEGO."

— "No le pregunté para qué era. Pero explícame eso del JUEGO."

Nos quedamos allí. Las moscas hacían el ruido de los relojes mientras yo intentaba explicarle en qué me había metido.

— "¿Tienes miedo?" me preguntó.

— "Me falta el aire."

— "Eso es miedo."

Miró hacia el fondo del café. Un tipo joven estaba sentado ahora en la barra. Trasteaba el móvil como quien prepara algo.

— "No vas a ganar esto escribiendo."

— "¿Entonces?"

Pinto sonrió. Como quien entiende demasiado tarde.

— "¿Los israelíes del Pingo Doce?"

— "¿Ah?"

— "Haz como en los libros. Mueve a los tuyos. Llama a los israelíes. Los que el Pingo Doce dice que contrataste para perseguirlos."

— "Sí. Solo faltaba que entraran aquí los supermercados."
— "En serio, inténtalo."
— "¿Ezar?"
Se echó hacia atrás.
— "Tú sabrás quién."
— "Para eso tengo que ir a Estambul."
— "Entonces ve, porque esto no es un simple JUEGO. Tampoco veo a Cecilia aceptando esas cosas."
— "Sí, voy a hablar con Ezar. En los libros él siempre lo descubría todo. Pero en la vida real, es aún más eficiente que eso."

Mi cuerpo se movió sin pensar. Metí la mano en el bolsillo. Pagué la cuenta. Él no protestó.

Me levanté. Él se quedó.

Al salir, un hombre apoyado en un poste manipulaba un periódico doblado por la mitad. Me miró. Bajó la vista.

El otro, el que estaba sentado en la barra. Pagó y salió, justo detrás de mí.

Seguí por las calles estrechas del Bairro Alto. La ciudad subía a la fuerza. Las piernas ardían. El pensamiento no.

En el mirador de Graça, me detuve. El río allá abajo. Azul sucio. Un dron pasaba. Se quedó flotando sobre mí durante al menos un minuto. Demasiado tiempo. Dos turistas reían fuerte. Un niño gritaba.

Saqué el móvil. Abrí los contactos. Deslicé hasta "Ezar".
Marqué.
Sonó.
Volvió a sonar.
Luego, silencio.
Y una voz.
Una voz de mujer hablando israelí.
Colgué.
Miré Lisboa como si fuera otra ciudad.
***
Bajé la Rua da Senhora do Monte sin pensar. Un coche negro —demasiado lento para Lisboa— se detuvo junto a la acera. No me miró. Pero enseguida arrancó despacio.

Entré en el edificio de siempre. El de las escaleras de piedra, las paredes de mármol crema de Estremoz y el olor a detergente. Subí dos pisos. Me detuve antes de meter la llave. Oí pasos detrás de mí.
Me giré.
Uno. Dos.
No eran turistas. Ni vecinos. Ni carteros. Uno tenía todos los dientes. El otro tenía pinta de haberlos perdido ya. Ambos con zapatos lustrados —detalle sospechoso. En Lisboa nadie lustraba una mierda.
— "¿Señor Diniz?" preguntó el de la izquierda, con un acento que podía ser de Nápoles o del Seixal.
— "Depende," respondí y pensé para mí, "joder, ¿Diniz?"
Fue lo único que me dio tiempo a decir y pensar.
El primer puñetazo fue al estómago. Sin rabia. Como quien marca presencia.
El segundo fue al hombro, con la precisión de un coreógrafo.
Caí, pero no caí bien. Me rasgué la palma de la mano en la esquina del pasamanos. Sangre. Los zapatos limpios. Demasiado limpios.
Me golpearon como quien ensaya para una escena. Un golpe. Dos. Una pausa. Una mirada de lado. El silencio de los dobles. La simulación del odio.
— "¿Qué quieren?" murmuré, escupiendo sangre falsa. O verdadera. Ya ni sabía.
El de la derecha se rió. Corto.
El otro se acercó.
— "Mariangela."
Se me heló la sangre.
Mariangela. El nombre que le había dado al personaje en mis libros. La amante del protagonista. La mujer elegante, seductora, inteligente, pero cuyo amor se disputaba con un Mateo.
— "¿Estás de coña?"
— "Ella existe. La conociste. Te acostaste con ella. Y luego escribiste sobre ella."
— "¿Estás hablando de Cecilia?"
— "Tú eres quien debería saberlo."

Me quedé ahí. Temblando. Pero no de dolor. De colapso interno. El suelo se me fue sin moverse del sitio.

El hombre de los dientes sonrió.

— "El Capo leyó tu libro. Se rió mucho. Reconoció nombres. Situaciones. Códigos. Pero lo que más le llamó la atención... fue Mariangela."

— "¿Y la encontró? ¿Qué le hizo?"

— "No. La conquistó."

El vídeo de Barcelona, en la plataforma rusa. Los besos con otro en Venecia. Todo real. Ella. La Mariangela-Cecilia. Con otro hombre. ¿Con el Capo?

— "Era más fácil matarme."

— "No se trata de matarte. Se trata de romperte. Despacio. Como se rompe un reloj para que nunca más acierte la hora."

Me levantaron con delicadeza. Uno en cada brazo.

— "Eres bueno escribiendo. Pero peor viviendo. Y vas a acabar escribiéndolo todo. Hasta el final."

— "¿Y el final?"

— "Eres tú. Sin Mariangela."

— "Cecilia," los corregí. "Eso no va a pasar. No si depende de mí."

Me soltaron ahí. Junto a la puerta, ya entreabierta. Con la cara medio hinchada y la cabeza a punto de estallar de preguntas.

Cogí el móvil. Marqué a Cecilia.

Él rechazó la llamada.

Llamé otra vez.

El teléfono se apagó. Batería muerta. O cortada.

— "Mierda."

Me senté en el suelo.

Luego me levanté.

Sonreí. Sonreí para mí.

El JUEGO aún no había terminado.

***

16

Memoria Prohibida
Estambul, 30 de mayo de 2025

Ezar no apareció.
Esperé dos horas en una esquina que nunca vi en los mapas — entre una mercería y una tienda de radios que parecía cerrada desde hacía siglos. Su nombre verdadero no era Ezar. Pero ya no podía llamarlo de otra forma. Aunque existiera. Aunque alguna vez hubiera existido fuera de los libros. Quizá nunca fue más que un personaje — una invención que se quedó viviendo en una ciudad extranjera solo para engañarme de vuelta. O quizá era solo eso: un espejismo de lo que yo quería encontrar. Un hombre que lo sabe todo. Que lo resuelve todo. Pero que nunca está.

Me senté en un café oscuro en Karaköy. Cuatro mesas, una barra sucia y apenas dos bombillas gimiendo. El café se llamaba algo escrito en turco, pero en la puerta de vidrio rayado alguien había escrito "MIRAGE" con rotulador negro. No pude evitar fijarme. Por eso entré. Era el nombre de la discoteca en Marsella. Donde apareció la cinta VHS. Donde la Cecilia la descubrió.

La mujer trajo el pan en una pequeña cesta de mimbre, envuelto en una servilleta de papel. No pidió nada. Lo dejó despacio, como quien cumple un rito antiguo. El pan venía caliente, con marcas de horno de leña, ligeramente quemado en la base. Yo no la conocía.

No la vi llegar. Solo allí, de pie, con un pañuelo atado al cabello y ojos profundos como quien sabe algo.

— "Teşekkürederim," murmuré, la única palabra turca que sabía — gracias.

Ella me miró, sin sonreír. Volvió con un vaso de té. Yo no lo había pedido. Ella tampoco explicó. Solo lo dejó, dio la espalda y desapareció por la puerta entreabierta de la cocina.

Esperé un minuto. Dos. El olor del té era suave — pero extraño. Un dulzor desconocido, casi empalagoso. Lo tomé. Bebí. Tres sorbos. Cuatro. El calor me bajó por la garganta como una memoria líquida.

Después todo empezó a doblarse.

No de repente — sino como una sábana húmeda deslizándose del cuerpo. El café se oscureció en los bordes. La calle se volvió borrosa, como si el mundo estuviera siendo filmado por una lente bajo el agua. Las voces perdieron el acento. Los sonidos empezaron a repetirse, circulares. Y mi cuerpo... mi cuerpo parecía haberse quedado sentado, pero yo... yo estaba caminando.

O cayendo.

O recordando cosas que nunca viví.

No sé dónde desperté. El techo era de yeso viejo. Grietas largas como carreteras mal hechas. La ventana tenía vidrio ahumado y dejaba entrar una luz sucia, amarilla y medio podrida. El suelo, de cemento. Una alfombra enrollada en un rincón. Mi mochila apoyada en la pared.

La Boggi Milano. Todavía sucia del cornetto en Nápoles. La maleta estaba allí. La abrí, despacio. Dentro, todo. Pasaporte. Tarjetas — las nuevas. Dinero. El sobre con los nombres. Incluso el cuaderno donde garabateé los tópicos de la primera versión de "Último Disfraz". Todo estaba allí. Intacto.

Menos una cosa.

Había un papel doblado en cuatro. No lo reconocí. Lo tomé.

Escrito a mano, en un portugués correcto, con caligrafía limpia, casi femenina:

"Confía en la mujer que te traiga el pan. Pero nunca bebas el té que no pediste."

JUEGO

Ahora lo recordaba. Era el papel que venía dentro del sobre que nos entregaron con el menú en el café de toldo amarillento y sillas de metal rayadas en Gibraltar.

Me acordé de la dirección en Casablanca. Del nombre de una mujer: Anissa. Y de los tres números tachados.

Me senté en la cama. Las manos temblaron levemente. Repetí la frase en voz baja. Una. Dos. Tres veces. Como quien aprende una oración de última hora. Miré alrededor. Habitación barata. Un espejo ovalado con manchas de óxido. Un cuadro oscuro colgado de un clavo torcido. Nada decía dónde estaba. Pero lo sabía: Estambul. O lo que quedaba de mí en ella.

Me levanté. La mochila pesaba. Revolví en el fondo. Allí estaba. La cinta.

La VHS con la inscripción árabe. La etiqueta rasgada, pero aún legible: "كرامةإنسانية، حرية، عيش".

Pan, Libertad, Dignidad Humana.

El lema de la Primavera Árabe. Yo lo recordaba. Hablamos de eso en Praga, donde la Cecilia me abandonó — o huyó de mí.

En ese momento no lo entendí. Ahora, quizá.

El pan. El pan que me fue dado sin pedir. Callado. Caliente. Cuando lo pedí.

La libertad — la libertad de amar, de no amar, de elegir.

La dignidad humana — el respeto. La fidelidad. La no-traición.

La cinta era todo eso. Y era lo contrario.

En esa cinta estaba mi cuerpo tocando a otro que no era el de ella. Una mujer con ojos parecidos. Con movimientos que no me pertenecían. Con un tiempo que no encajaba. Era una puesta en escena. O no lo era. Era una simulación. O no lo era. Era la destrucción de nuestro pacto, filmada.

Y en la esquina de la imagen, la fecha.

Cuando ya estábamos juntos.

Ella lloró. Se fue. Desapareció.

Yo juré que era falso.

¿Pero y si no lo era?

O peor: ¿y si, aunque fuera falso, para ella fue verdad?

La cinta no era solo prueba. Era arma. Era regalo. Era castigo.

Fue dejada en la MIRAGE, en la discoteca vacía de Marsella, entre paredes que se caían y sonidos mudos.
Y ahora... la palabra volvía. En la puerta del café. En Estambul.
El mundo se repetía.
O peor: el mundo me leía.
Me quedé ahí. En la habitación. Sentado al lado de la cinta.
Pensando que tal vez el amor fuera eso.
Pan. Libertad. Dignidad.
Y que yo solo había entendido dos partes.
La libertad — siempre la exigí.
La dignidad — intenté mantenerla.
Pero el pan...
El pan era el gesto.
Era lo que se da sin pedir.
Era el alimento de la relación.
Era el propio amor.
Amor que se da.
Que se acepta.
Que se parte por la mitad y se come con las manos.
Y tal vez por eso ella se fue.
Porque nunca le di pan.
Solo le di el té.
***

La luz del Bósforo entró por la ventana a la fuerza. Una luz expandida por cristales tan gruesos que ni el ruido de las gaviotas conseguía atravesar. La habitación era demasiado blanca. Sábanas pesadas, cortinas automáticas, moqueta que apagaba los pasos. El espejo no temblaba. El aire olía a jazmín y vainilla.

No dormí. O dormí con los ojos abiertos. La cinta a mi lado — muda, pero ardiendo. El sabor del té aún en la boca. El peso del billete como un clavo detrás de la clavícula.

Me levanté con el cuerpo de quien ya no quiere ir, pero va. El sobre estaba allí, apoyado en la pared, como si me esperara.

Volví a abrirlo.

El papel con la dirección de Casablanca. El nombre: Anissa.

Tres números tachados.

Una caligrafía igual a la del billete.

JUEGO

Y la certeza de que el próximo capítulo no iba a ser escrito — iba a ser vivido.
Como castigo.
Como penitencia.
Como respuesta.
O como final.
***

17

La Casa Sin Espejos
Casablanca, 04 de junio de 2025

El vuelo no tuvo turbulencia. Pero mi cuerpo temblaba como si el cielo estuviera en guerra.

Aterrizamos en silencio. El tipo de al lado dormía con la boca abierta y un libro de espionaje francés caído en el regazo — como si el universo se estuviera burlando de mí.

En el finger, sentí el aire de Casablanca: denso, dulce, artificial. Como si alguien hubiera rociado perfume sobre la miseria.

Bajé con la mochila a la espalda. La cinta dentro. El billete dentro. El nombre: Anissa.

Y tres números tachados. Como si alguien se hubiera arrepentido demasiado tarde.

***

La ciudad estaba hecha de paredes que no terminaban y ventanas donde nadie miraba. Los semáforos parpadeaban para nadie.

Pedí un taxi a un tipo que parecía arrancado de una fotografía en blanco y negro. Dije el nombre de la calle. No preguntó por qué. Ni para qué. Simplemente arrancó, y bien.

En el asiento trasero, volví a ver el billete.

La caligrafía. La dirección. La cinta en la mano.

Y el rostro de ella — el de la cinta — volviendo a aparecerme en la cabeza.

No Cecilia. Ni Mariangela.

Sino esa híbrida extraña, que se movía como un deseo plastificado.

"Hemos llegado", dijo el hombre.

Todavía no, pensé. Todavía no. No estoy preparado.

No estoy preparado para descubrir la verdad.

***

La casa era baja, blanca, con una puerta azul y un tendedero sin ropa.

Su nombre estaba en la verja. O mejor dicho, una letra: A.

Llamé.

Nadie respondió.

Di la vuelta. Una callejuela estrecha con basura en el suelo. El sol pegaba de frente como un baño caliente.

Fue entonces cuando la vi.

Ella.

Debía de ser Anissa.

Lo era, porque huyó en cuanto me vio.

Empezó a correr sin decir nada. Descalza. Rápida.

Yo detrás. Mochila aún al hombro. La cinta golpeándome la espalda como si quisiera castigarme.

Doblamos esquinas. Saltamos escalones. Entramos en un mercado con olor a pescado, carne podrida y fruta madura. Ella se giró una vez — y ahí la vi.

Era ella. La mujer de la dirección. La mujer de la letra.

Le fijé la cara.

Y corrió aún más.

Un coche.

No lo vi.

Solo lo oí.

Y lo sentí.

El golpe me tiró al suelo. El dolor se expandió. Pero no me rompió.

Me levanté.

La multitud gritaba. El conductor vociferaba.

Pero yo corrí.
Sangre en la rodilla. Dolor en la costilla.
Ella estaba allí. Intentando escapar por una calle de piedras.
La alcancé junto a una pared con carteles rotos.
Le agarré el brazo.
— "¡Espera!"
Intentó soltarse. Pero luego se detuvo.
Me miró.
Y no dijo nada.
Solo asintió con los ojos.
Me llevó por un callejón sin fin. Entramos por una puerta baja.
Escaleras.
Una sala.
Luz difusa.
Olor a electricidad.
Ruido de ventiladores.
Un hombre estaba sentado al fondo. Delgado. Calvo. Ojos hundidos. Temblaba.
Cuando nos vio, se levantó de un salto.
— "¡No sé nada!"
Ella habló en árabe. Rápido. Cortante.
El hombre tragó en seco.
— "Yo... yo no sabía para qué era..."
— "¿Qué?" pregunté.
Él dudó. Luego habló.
"Ella vino aquí. Con otro hombre. Italiano. Guapo. Rico. Me dieron instrucciones."
Señaló una máquina — un scanner volumétrico blanco y negro.
— "Un Artec Leo. Captura 360°. Microexpresiones. Textura. Todo."
— "¿Y ella... ella aceptó?"
— "Sí. Se divertía. Hizo todo. Expresiones clave. Sonrisas. Miradas. Suspiros. Seguía las órdenes."
— "¿Y el cuerpo?"
El hombre negó con la cabeza.
— "No es ella. Es generado.
Usamos fotogrametría de otra mujer. Parecida.

Después lo ajustaron en MakeHuman. Curvas como en tus libros. Piel como la de Mariangela. Pálida. Inmaculada."

— "¿Y el rostro?"

— "Combinación. Usamos StyleGAN3.

60% de ella. 40% de Mariangela. Y de la otra... ¿Camilla?"

Asentí, porque solo podía ser.

Él continuó:

— "Mapeamos todo. Hasta los poros. Las cicatrices. La luz era igual a la descrita en los libros. Velas. Ámbar. Todo.

Fue animado en UnrealEngine 5. Física realista. Ondulación. Presión de los dedos. El video fue hecho para parecer real. Incluso los artefactos VHS fueron añadidos a propósito."

— "¿Y yo?" pregunté.

El hombre bajó la mirada.

— "Usamos DeepFaceLab. Fotografías tuyas. Entregadas por ella.

Fotos privadas. Videos íntimos.

Para animar expresiones. Gemidos.

Hasta el orgasmo fue sintetizado en base al movimiento de tu cara."

— "¿Ella lo sabía?"

— "Lo sabía."

— "¿Estaba siendo coaccionada?"

— "No. Era cómplice."

— "¿Con el italiano?"

— "Era notorio."

Me quedé allí.

De pie.

Con los brazos muertos.

Con la cinta en el bolsillo.

Con la certeza escurriéndoseme de los huesos.

— "Ella quería destruirme."

El hombre no respondió.

— "Era un JUEGO," añadí, o confesé. No sé. Silencio.

Silencio.

***

Salí a la calle.

El cielo sobre Casablanca no cambió.
Pero yo sí.
La cinta pesaba como una gran piedra atada al tobillo cuando intentamos cruzar un océano a nado.
Pero ahora era solo eso: prueba de que el amor puede ser simulado.
Y que el peor tipo de traición es aquel que se planea con una sonrisa en los labios y tecnología de punta.
Ella creó el personaje.
Usó mi deseo contra mí.
Y me dio... lo que yo siempre escribí.
Pero al verlo...
Al verlo en carne falsa, en *pixel* real...
supe que la ficción, cuando se manipula con odio, hiere más que la verdad.
¿Próxima parada?
Scopello.
La casa sin teatro.
El escenario vacío.
Pero antes, Vila Nova de Gaia.
Después, voy a pasar por el dolor.
Como si fuera un papel que me dieron.
Y yo, aun así, acepté el papel principal.
Porque esto...
esto ya no es mi libro.
Es mi muerte. Si no física, emocional.
Y yo solo quiero entender el final.
***

18

El Cumpleaños de la Hermana
Vila Nova de Gaia, 09 de junio de 2025

La casa de mi hermana olía a pastel y a fiesta.
Un salón amplio con cortinas de lino blanco. Cuadros de Cargaleiro y de Cruzeiro Seixas, colgados milimétricamente. Estanterías repletas de novelas con lomos marcados. Una mesa blanca con mantel de lino, platos de porcelana de Limoges con dibujos de rosas y flores campestres. Globos. Sillas alineadas.

Ella cumplía 45 años. La fiesta era por eso.
Yo estaba allí.
Con el cuerpo.
El alma, no tanto.
Sonreía a los invitados. Decía holas, hacía pequeños comentarios. Reía cuando los otros reían. Servía el zumo, el vino. Acomodaba platos. Un actor de segunda fila, en una obra familiar mal ensayada.

— "¿Quieres más pastel, hermano?"
— "Quizá dentro de un rato."

Mi hermana era incansable. Giraba entre amigos, familiares y un par de vecinas.

La hija — mi sobrina — corría entre las sillas. Vestido azul claro con lazo atrás. Rizos sueltos, ojos redondos, expresión concentrada.

Corría riendo.

Pero sin palabras.

Como si supiera que el mundo es frágil cuando los adultos fingen.

Me quedé mirándola.

Por un momento, solo por un momento, sentí el mundo quieto.

La respiración se hizo más lenta.

El tiempo también.

— "¿Te acuerdas de lo que escribiste en el capítulo de mi cumpleaños, en tu último libro?"

Su voz, la de mi hermana, detrás de mí.

— "No me acuerdo bien."

— "Yo sí. Espera."

Fue hasta la estantería.

Sacó el libro. "Último Disfraz."

Lo abrió por una página marcada.

Leyó:

— "Era lunes. Y mi hermana cumplía 44 años. Yo estuve allí. Sonrisa lista, discurso breve, regalo elegido por alguien de la FNAC porque ya no sé regalar nada que no sea un silencio. Fingí ser otro — el hermano tierno y distraído. Ella se rió y sacó fotos. Yo estaba enmascarado con mi propia cara, abracé a mi sobrina, ya con dos años y medio."

Ella se rió, al terminar.

— "Siempre eres así. Escribes mejor de lo que vives."

— "Pues sí. Quizá por eso escribo tanto."

El pastel estaba en la mesa. Velas ya derretidas. Porciones cortadas.

Lo miré como quien ve el epitafio de una infancia feliz.

Ella apareció a mi lado con un marco de fotos.

— "¿Te acuerdas de esta?"

Una foto nuestra.

Ella con cinco. Yo con diez.

En el Algarve. En Monte Gordo. Con nuestra madre.

El pasado aún con dientes de leche.

— "No me acordaba. Pero ahora sí."

— "Fuiste tú quien me sostuvo cuando me caí de la bicicleta."

— "Y tú la que me pegó con el mando de la tele cuando te robé el último yogur."

Ella rió.

Pero los ojos brillaron de otra cosa.

Yo también.

— "Siempre fuiste mi hermano ausente. Pero nunca dejaste de ser mi hermano."

— "Y tú... la madre, el padre, mis anclas, incluso cuando yo quise hundirme."

Mi sobrina ahora trepaba a una silla, de puntillas, intentando alcanzar una servilleta manchada de pastel.

Fui hacia ella.

La agarré antes de que cayera.

Ella me miró.

Ojos grandes.

Confiados.

Desarmantes.

La abracé.

Me quedé allí, arrodillado.

Con la nariz en su pelo.

Escuchando los gritos ahogados de la fiesta.

— "¿Sabes lo que sé ofrecer?" le pregunté, aunque no pudiera entender.

Le besé la frente.

Y susurré:

— "Solo sé ofrecer silencio."

Salí de la sala sin avisar a nadie.

Fui al cuarto antiguo. Uno que había sido mío. Ahora un depósito de cachivaches y libros viejos.

Cogí la mochila.

La cinta seguía allí.

Abrí la aplicación. Pedí un Uber al aeropuerto.

Cuando mi hermana salió a la puerta, yo ya estaba en la calle.

Hizo un gesto de despedida, pero no dijo nada.

Llegó el coche.

Entré.

En el retrovisor, vi los ojos de mi hermana.

Y me vi a mí.
Pero sin máscara.
Solo yo.
Camino de Scopello.
El lugar donde mis libros terminaban.
Y donde, tal vez, mi historia aún pudiera respirar.
***

19

La Casa Dentro del Libro
Scopello, 10 de junio de 2025

No había señal de ella. Ningún sonido de la ducha, ningún abrigo sobre la silla... nada. Pero había presencia.
El perfume de Cecilia no era difuso. Estaba allí, entero, incrustado en las cortinas. Uno de esos perfumes que no se compran, porque nacen de la piel, de la ropa y de la vida mezclada con el mar. Ese tipo de olor que no se confunde con recuerdos, porque es químico y terco. Estaba allí. Pero ella no.

Fui a la cocina. Abrí el cajón de siempre. El de la toalla verde. Allí estaba, enrollada, con la marca aún del último almuerzo. El frigorífico, vacío. El vaso de siempre, lavado pero fuera de lugar. El cuchillo de pan con una miga seca en el mango. Señales de vida. O de visita. O de memoria que aún se mueve.

Subí al cuarto despacio. La cama estaba hecha, pero con una arruga irregular en el lado izquierdo. Como si alguien se hubiera sentado allí, sin prisa. La ventana entreabierta dejaba entrar el sonido del mar y un viento que no pedía permiso. "El Triunfo de un Rostro" seguía sobre el aparador, tal como ella había elegido. El cuadro con las cartas desordenadas y esa mirada de mujer que me ganó en París cuando aún creíamos que el amor podía ser un juego. Fue allí, en esa galería, donde todo recomenzó. Y por eso lo compré. Porque no me dejaba olvidar que, a veces, el juego más sucio es el único honesto.

Pero ahora lo sostenía en las manos con las venas palpitando. El vidrio helado. El peso equivocado. Todo era exactamente como lo describí en "Último Disfraz". Y ahora, real.

O ni eso.

Bajé a la terraza. Los naranjos estaban descompasados. Algunas hojas marrones pegadas al suelo. Dos limones caídos junto a la maceta de barro quemada por el sol. Me acordé de ella, descalza, vestido corto, barriendo todo eso por la mañana, cantando en italiano sin darse cuenta. Una imagen que parecía mía, pero tal vez fuera de ella. O inventada. O parte de un libro que escribí con el corazón en carne viva.

Volví a entrar. El suelo frío. Los libros en la estantería inmóviles como lápidas. Mariangela — ese nombre — volvió a mi cabeza. Nunca apareció en mis libros como personaje vivo. Era solo un eco. Un reflejo. O una advertencia. ¿Y si Cecilia no era más que eso? ¿Una versión material de Mariangela? ¿Una mujer-libro? ¿Un avatar escrito?

Me senté a la mesa. Llené dos copas de vino. Una para mí. Otra para ella. Un hábito estúpido. Un ritual que ya no servía para nada salvo llenar el aire de silencio. Intenté hablar. Abrí la boca, pero la lengua era un trapo seco. Y el corazón... desordenado. Como la cama.

Fui a la cocina, otra vez. Revolví en los cajones, en los frascos, en los paños. Y allí, entre la harina y las gomas, un papel doblado en cuatro. Papel amarillento, olor a canela. Lo desdoblé.

"Para el día 17. Pastel pequeño. Escrito: «Te amo»."
Un dibujo en bolígrafo azul, un casete VHS. Firmado:
"M."
"M."
No "Cecilia".
Mariangela.

¿Qué se hace cuando el nombre que te dice la verdad es un nombre de ficción, que quizá nunca debió haber existido?

Las manos empezaron a temblar. Sin aviso. El corazón estallando dentro del pecho como si fuera a explotar contra los huesos. Me senté en el suelo del cuarto. Apoyado en la pared. Como un perro viejo.

No dije nada.
No grité.
No rompí nada.
Lloré.
En silencio.
Como quien ya sabe que ha perdido.
Pero todavía no quiere dejar de buscar.
***

20

El JUEGO Reescrito
Scopello, 11 de junio de 2025

La casa estaba quieta.
Pero no era el silencio de la paz. Era el del impacto — el de aquello que ya cayó y aún no se ha hecho añicos.

Hice café con los mismos gestos de siempre. Bialetti Moka, agua hirviendo, cuchara de madera. Pero la cuchara se me cayó de las manos. Dos veces. Las manos ya no sostenían bien nada. Ni la memoria. Ni la culpa. Ni la puta rabia.

El olor se esparció por la cocina. Pero no era consuelo. Era síntoma.

Llevé la taza hasta la sala. El cuadro seguía allí. "El Triunfo de un Rostro". La mirada de ella me atravesaba. La mujer pintada, la mujer inventada, la mujer real. No sabía cuál me mataba más.

Me senté a la mesa de madera antigua. El portátil se encendió con un sonido corto, familiar. El archivo estaba allí: "EL JUEGO – PT V19.docx".

Abrí.
Línea por línea. Palabra por palabra.
Todas me pertenecían.
Pero ya no parecían mías.
Empecé a escribir.

Frenéticamente.
Como quien sangra por dentro y quiere vaciarse.
Escribí hasta que me dolieron los dedos.
Luego paré.
Me levanté.
Fui a la estantería.
Cogí el libro.
"Back (or write)".
Lo hojeé hasta el final.

El último capítulo. La carta a Mariangela. La carta a Cecilia. La carta que nunca entregué. La que ella leyó. O no.

> "Quiero regresar a nuestra casa en Sicilia, esa que me empeño en esconder de todo y de todos, pero no de ti, porque es nuestra, tiene nuestro cuadro, el 'Trunfo de un Rosto'. Pues allí entiendo que la fe no tiene que ser en Dios o en dogma. Puede ser en una señora que me da higos en una vieja Piaggio APE de caja abierta y pintura gastada aparcada en la plaza y me pregunta si dormí bien. Puede ser en un niño que corre detrás de un perro. Puede ser en ti, cuando me escribes sin adornos y sin preguntas trampa..."

Se me quebró la voz. Leí en voz alta. Hasta fallar.
Me tragué el resto.
Sollozos cortos. Silenciosos. No de esos que piden consuelo — sino los que se arrastran dentro de la caja torácica y no salen.

> "... Ven para compartir la mesa y no el altar. Ven para partir el pan y no la culpa."

El eco de la cinta, todavía allí.
El cuerpo digital.
La mirada falsa.
El orgasmo inventado.
La humillación calculada.
Cerré el libro.
Lo lancé al sofá.
No por rabia.
Sino porque el peso era insoportable.
Salí.

Pies descalzos.
El suelo de piedra de la terraza parecía más frío de lo que debía.
Bajé hasta la playa. La marea estaba baja. El cielo despejado. Pero nada brillaba.
Caminé despacio. La arena se pegaba a los tobillos. Las conchas rotas parecían espejos partidos.
Sentí — a mitad de camino — un escalofrío.
Detrás de mí, nada.
Pero lo juro.
Juro que alguien respiraba al mismo ritmo que yo.
Miré hacia atrás.
Nada.
O mejor dicho — casi.
Una mujer. A lo lejos.
Pelo recogido, pañuelo al cuello.
Me miró.
Desvió la mirada.
Entró por un sendero.
Corrí.
Grité.
Nada.
Cuando llegué allí, no había nada.
Solo un arbusto movido y un olor a jazmín.
Volví a casa.
El sol ardía.
El cuerpo sudaba.
Las manos temblaban.
Subí al cuarto.
Me senté al borde de la cama.
El cuadro seguía en el mismo sitio.
Pero los ojos...
los ojos de ella ahora parecían más tristes.
Encendí el portátil.
El cursor parpadeaba al final del capítulo.
Miré.
Respiré.
Abrí un documento nuevo.

Título:
"Capítulo 20 — El JUEGO Reescrito"
Y escribí:
"La casa estaba quieta."
***
Escribí.
Un párrafo. Luego dos. Luego borré todo.
Empezar de cero es un mito.
Nadie empieza de cero.
Siempre se empieza desde la mitad.
Desde la mitad de un dolor, de una memoria, de una frase dicha a mitad de la noche con la respiración caliente en el hueco del cuello.
Me levanté. Fui a la cocina. Cogí el vino. Bebí sin copa.
El líquido bajó como vinagre dulce.
Me senté en el suelo del salón. Apoyado en el sofá. Frente a la estantería.
Y pensé.
Recordar un amor fallido es una forma elegante de tortura.
Porque tiene risa dentro.
Porque tiene promesas.
Porque tiene su rostro, todavía con arena en el pelo, riendo de algo que dije — o de mí, que es más probable.
Debí haber ido a Chiclana.
La casa de España. La cruda.
Donde el dolor no tiene memoria y es menos complejo.
Donde hay sombra en la terraza y los ruidos son previsibles: la campana de la iglesia, el ruido del mar, la vecina que a lo lejos canta sevillanas desafinada los domingos.
Pero no.
Vine aquí.
Scopello.
La casa segura.
La casa-refugio.
La casa donde fuimos felices — o creímos que lo éramos.
Y eso es lo que me jode.
Porque todo aquí está impregnado de nosotros.

JUEGO

El armario donde escondíamos los higos cuando no queríamos compartir.

El cajón donde ella guardaba las cartas antiguas — las mías y las de los otros hijos de puta.

La butaca gris claro donde ella leía en voz alta y yo fingía que no escuchaba, solo para pedirle que repitiera.

Este lugar...

no es una casa.

Es un espejo empañado.

De todo lo que fuimos.

Y de todo lo que yo todavía soy — incluso sin ella.

Y es aquí donde entra la pedagogía del dolor.

Para quien lee.

Para quien cree que amar y perder es poético.

No lo es.

Es práctico.

Es invasivo.

Es como un clavo torcido en la planta del pie: no se ve, pero cada paso desgarra.

Porque el amor que no se queda, no muere.

"El Amor es Jodido", ya escribía Miguel Esteves Cardoso, un escritor portugués.

Permanece como un veneno de dosis baja, constante.

Un murmullo dentro del cráneo que dice: "¿te acuerdas de los ojos verdes? ¿Del día del mercado? ¿De su mano tapándote los ojos en el coche?"

Y sí.

Me acuerdo.

De todo.

Y eso es lo que me enferma.

La psicología popular dice: "acepta, desapégate, resignifica."

¿Pero cómo se resignifica un olor?

¿Cómo se suelta una carcajada que todavía resuena en los platos lavados a mano?

El pasado no quiere ser olvidado.

Quiere ser reescenificado.

Y eso es lo que hacemos cuando volvemos al lugar del dolor:

Escenificamos.
Papel principal: el arrepentido.
Papel secundario: la ausencia.
Director de escena: el tiempo.
Público: nadie.
Solo la casa.
Y el mar.
Y yo.
Y entonces...
Vuelvo al portátil.
Escribo con la lengua entre los dientes.
Con las manos manchadas de vino y arena.
Y digo, para mí, como quien grita sin abrir la boca:
"Si ella no vuelve — y puede que no —
entonces esta será la historia.
La última.
Y no necesita perdón, ni redención.
Solo verdad."
Cierro el portátil.
Voy hasta la ventana.
Miro el mar.
Escucho algo ahí dentro — tal vez una risa antigua.
O tal vez la puta de la cinta VHS llamando.
Como siempre.
Apoyo la frente en el cristal.
Y dejo que los ojos se cierren, no por cansancio.
Pero para ver mejor.
Porque a veces,
la única forma de escribir el final,
es dejar de fingirlo.
***

21

La Depresión del Amor
Scopello, 16 de junio de 2025

Ya no sabía cuántos días habían pasado.
Quizá cinco. Quizá siete.
Contaba por el número de botellas vacías junto al fregadero de la cocina. Por el número de páginas escritas —o borradas— en el archivo del "JUEGO".
Estaba allí.
Viviendo.
O resistiendo.
O muriendo despacio —que es casi lo mismo.
La casa estaba cerrada como una tumba discreta.
Ventanas selladas. Cortinas corridas. La luz no entraba. Ni yo salía.
El vino era el único alimento.
El teclado, el único sonido.
Los dedos ya dolían. Pero seguían. Escribían cosas que ya no entendía.
No sabía si era el narrador el que vivía, o si era yo.
O si era todo apenas lo que queda cuando se arranca el amor de un cuerpo y se deja la herida abierta pudriéndose.

Porque eso es la depresión del amor.

Es la falta de aire sin estar bajo el agua.

Es ver todo como si estuvieras detrás de un vidrio sucio, donde nada brilla.

Es tener el nombre de la persona atascado en la garganta, pero la lengua demasiado pesada para decirlo.

Es seguir existiendo por reflejo —no por voluntad.

Los que abandonan siempre dicen las mismas frases: "necesito espacio", "eres tú", "no yo", "no puedo más", "ya pasará".

Y luego se van.

Y lo que queda es un cuarto con olor a ropa sudada, platos sucios, ventanas cerradas y un cuerpo pudriéndose de dentro hacia fuera.

El amor que no es correspondido se convierte en ácido. Corroe por dentro.

Hace de la risa de los otros un insulto.

Del sol, un enemigo.

Bebí otro trago.

Estaba escribiendo un capítulo sobre ella.

Pero el texto se escapaba.

Empezaba con un recuerdo real —y de repente estaba ella ahí, tumbada a mi lado, desnuda, pero riéndose con la voz de Mariangela.

Después aparecía el italiano. El Capo. El cabrón del Capo. El contrato.

El hijo de puta del contrato para escribir el libro como la Camorra quería. Como el Capo quería.

Qué puto nudo en la cabeza.

Y yo despertaba sudando, con las manos en el teclado, y la frase: "ella volvió con..."

Nunca llegaba a terminar de escribirla.

***

Fue entonces cuando llamaron a la puerta.

Un golpe corto.

Ritmado.

Casi tímido.

La luz invadió el pasillo cuando abrí.

Dolía.

La claridad del mundo dolía.
Era ella.
La señora de los higos.
Venía con su Piaggio APE arrimada al camino de tierra.
Rostro surcado. Manos fuertes. Buenos ojos.
— "Buongiorno," dijo ella.
— "Buongiorno," repetí, con esfuerzo.
Ella me miró. Me vio.
No como quien ve a un conocido.
Sino como quien ve un cuerpo hundido.
La botella de vino en mi mano. La camisa sucia. La barba demasiado crecida.
— "Traje higos. Vi la luz encendida anoche. Y el coche. Pensé que habías vuelto."
Asentí. No dije nada.
Ella extendió la bolsa de papel. Dentro, higos morados, maduros, oliendo a vida.
— "¿Quiere pan fresco?" preguntó.
Hubo un segundo de silencio.
De humanidad.
De compartir.
— "No," respondí.
Ella no insistió.
— "¿Está todo bien?" preguntó, después.
No respondí enseguida.
Pero tampoco cerré la puerta.
— "Solo estoy... cansado."
— "El cansancio no deja la casa sin ventanas abiertas."
Asentí.
Ella no dijo nada más.
Se dio la vuelta.
Subió a la APE.
Encendió el motor.
Hizo ese ruido de siempre: trrrterretetrrrrrr.
Y allí, al final del camino de tierra, la vi.
La silueta.
Cabello suelto, vestido ligero.

Cecilia.
O alguien como ella.
Al lado del camino, cerca de la casa al fondo.
Grité.
"¡Cecilia!"
Pero no había nadie.
Corrí hasta allá.
No había rastro.
No había tiempo para huir.
Una miragem.
Otra.
Volví atrás.
El ruido de la APE todavía resonaba.

La señora de los higos ya seguía carretera abajo, despacio, como si respetara el luto de alguien que aún no sabe que lo ha perdido todo.

Entré en casa.
Cerré la puerta.
Apoyé la frente en la madera.
Y lloré.
Con los higos en la mano.

***

La casa volvió a la oscuridad. Pero ahora era más densa.
La luz de la calle se quedó fuera. El mundo también.
Allí dentro, solo yo. Y el dolor.
Y los higos, caídos en el suelo.
No los recogí.

Me quedé mirándolos como quien mira el absurdo de que aún haya fruta fresca en el mundo cuando uno se está pudriendo por dentro.

Me senté en el suelo de la cocina. El azulejo frío. La botella medio vacía. La cinta VHS cerca — ni recordaba dónde la había dejado, pero ahí estaba.

Como un perro muerto que insiste en respirar.
Me quedé allí. Largo. Casi inmóvil.
El pensamiento empezó a afilarse como una hoja fina.
¿Y si esto se acabara?

JUEGO

¿Y si bastara un cuchillo? ¿Un paso en falso? ¿Una cuerda de cortina?

¿Y si el dolor fuera solo una fiebre que se puede apagar con silencio eterno?

La gente dice que el amor no mata.

Mentira.

Lo que mata es el después del amor.

La ausencia. La duda. La humillación de seguir amando a quien ya no te ve.

Mata despacio.

Con frases simples: "ella siguió adelante", "tienes que superarlo", "la vida sigue."

Y tú ahí.

Con el pecho abierto en canal.

Con la memoria escupiendo escenas felices como si fueran puñales.

Yo no quería morir.

Pero tampoco quería esto ya.

No quería esta mierda de cuerpo que tiembla al despertar.

Este vacío en el estómago que ni el hambre toca.

Este cuarto lleno de olores que me joden la cabeza.

Esta cinta que me grita traición sin abrir la boca.

Fui al cuarto.

Abrí la ventana. Por primera vez en días.

El mar seguía ahí.

Inmóvil.

Como un juez sereno.

La brisa me golpeó la cara con la delicadeza de una bofetada.

Me sentí ridículo.

Me sentí humano.

Y eso dolió más.

Apoyé los brazos en el alféizar.

Miré hacia abajo.

No era alto.

Pero quizá bastara.

Para parar.

Podía saltar.

Los ojos ardían.
No de lágrimas.
De exceso.
De memoria.
Pensé en ella.
En Cecilia.
O en Mariangela.
O en Melita.
O en las tres.
O en mí, escribiéndolas.
Creándolas.
Amándolas solo porque necesitaba un reflejo con pechos y voz dulce para justificar la soledad.

Y en ese momento — ahí, con el cuerpo al borde, con el mundo entero diciendo "no vale la pena" — sentí otra cosa.

Rabia.
Rabia de mí.
De haber dado tanto.
De haberlo escrito todo.
De haberla hecho reina de papel, cuerpo de libro, carne de deseo.
Rabia de que ella hubiera usado eso contra mí.
Con la tecnología.
Con un italiano.
Con placer.
Volví adentro.
Cerré la ventana.
Me senté en la cama.
Y decidí.
No era hoy.
Todavía no.
Abrí el portátil.
La frase parpadeaba en la pantalla como un corazón aún vivo.
"Capítulo 21"
Pero ahora escribí otra cosa:
"Capítulo 21 — La Depresión del Amor.
Esto no es ficción.
Esto es una advertencia.

JUEGO

Si alguien te ama, no lo destruyas.

Si alguien comparte el cuerpo y el nombre contigo, no lo hagas pedazos.

Si alguien se despide con los ojos, no lo dejes morir sin escuchar."

Escribí eso.
Y lloré.
Pero esta vez en voz alta.
Para que, tal vez, alguien — aunque fuera solo el eco — me oyera.
***

22

Fin del Juego
Scopello, 17 de junio de 2025

No oí la puerta.
Ni pasos.
Ni susurros.
La casa estaba muda — como yo.

Días encerrado ahí dentro. La misma camisa oliendo a vino avinagrado y a rancio. La barba de dos semanas, desparramada en día de viento. Tres o cuatro botellas dadas vuelta y un hambre que ya no venía del estómago.

23h59.

Solo eso en la pantalla del portátil. Ninguna notificación. Ningún e-mail. Ninguna señal.

El móvil se había quedado sin batería y nunca más lo cargué.

En la mesilla de noche, el resto de una botella. Solo un dedo de vino. Vino viejo. Casi vinagre. Pero era lo que había. La cogí. Me la llevé conmigo. Como si fuera un arma.

Bajé las escaleras.

Descalzo.

El suelo, frío.

Cada paso, como un clavo hundido en el talón.

Y entonces...

Click.
Luz.
Blanca. Violenta.
Y después...
Voces.
Múltiples.
Al unísono.
— "¡FELICIDADES!"
Congelado a mitad de las escaleras.
La botella me tembló en la mano.
El corazón se me disparó como una alarma descontrolada.
Y fue ahí — que la vi.
A Cecilia.
Subiendo corriendo las escaleras.
Vestido ligero, ojos húmedos.
Una sonrisa que parecía vieja y nueva al mismo tiempo.
Vino como si la vida dependiera de ello.
Me abrazó.
Me besó.
Me besó como quien intenta borrar todos los capítulos equivocados.
Como quien muerde para marcar territorio en el cuerpo de la culpa.
— "Te amo."
— "Siempre te he amado."
— "Nunca te dejé. Nunca."
El beso no era fingido.
Era urgencia.
Era confesión.
Era penitencia.
— "Perdón. Por todo."
— "Te hice sufrir. Lo sé."
— "Pero era la única forma. La única forma de hacer todo real. De sacarte de la cabeza y traerte al mundo."
Las lágrimas no vinieron.
No había más.
Solo un calor súbito en el pecho.

Y un desequilibrio en las piernas.
Casi me caí.
Ella me sostuvo.
El pasillo detrás de ella se llenó de gente.
Rostros que parecían arrancados de las páginas del pasado.
Paulo Pinto.
Rui Madureira.
Hannah con las mejillas sonrojadas y una banderita enrollada en el brazo.
Mi hermana.
Resende Sá, bronceado.
Sirino, Lucca Cavallini, Alberto Fonseca, Marta, Paula, Alice, Giuseppe, Federica, Francesca, Cláudia, Al, Hulya, Georgina, Johanna, Camilla — hasta Camilla— todos, todos allí.
Cada uno con un vaso.
Con una risa despreocupada.
Con una historia que contar.
Y yo, sucio de vino seco, con aliento a vacío y el corazón aullando, sin saber si estaba despertando o muriendo.
La sala — la misma donde me había sentado en la oscuridad días antes — ahora iluminada.
Luces colgadas a toda prisa con cinta adhesiva.
Globos de colores.
Una pancarta tosca que decía "Feliz Cumpleaños" escrita a mano.
Y en el centro, sobre la mesa de madera rústica —
El pastel.
No era un pastel.
Era un símbolo.
Una cinta VHS hecha de azúcar.
Las bobinas perfectas.
La cinta simulada con glaseado negro.
En el centro, dibujado con precisión obsesiva:
"عيش، حرية، كرامةإنسانية"
— el lema de la Primavera Árabe.
El mismo de la cinta.
Esa cinta.
El centro del JUEGO.

El centro del dolor.
Sentí las piernas flojear.
La cabeza ardiendo.
La garganta apretada.
Cecilia me agarró otra vez.
— "Todo fue por amor."
— "Era la única forma de demostrarlo."
— "Tú, siempre creaste historias, juegos, en tus libros — necesitabas vivir uno."
Yo no decía nada.
La boca estaba seca.
El mundo entero se había despegado del suelo.
Ella me guió de la mano hasta la sala.
Y entonces...
El proyector se encendió.
Diapositivas.
Imágenes del viaje.
De todo.
Tánger, Gibraltar, Marsella, Milán, Viena, Praga, Berlín, Venecia, Zúrich y más allá.
Fotos del hombre del piano — ahora sonriente, bebiendo una birra en algún bar del sur de Italia.
El italiano mafioso — en realidad un modelo de ropa interior que había hecho un anuncio para Durex en 2009.
La mujer del pan y el té — actriz turca.
Todo escenificado.
Cada detalle.
Cada sombra.
Cada palabra.
Y nadie me avisó.
En medio del ruido y la luz, alguien me puso un cuchillo en la mano.
Era Sirino. O tal vez Rui. Ya no lo sé.
— "Corta el pastel. Es tuyo."
Me quedé mirando aquello.
Al pastel.
A la cinta.

Y dudé.
Porque tal vez era real.
O tal vez una capa más.
Otra puesta en escena.
Otra ficción.
La fiesta giraba a mi alrededor.
Pero yo
—yo estaba en un centro que no giraba.
Y dentro del pecho...
— algo susurraba:
"¿Y si todo esto no es real...?"
***
Ella no me soltaba. Ni cuando me senté en la punta de la silla, ni cuando el cuchillo se me resbaló de las manos como si el metal me rechazara. Y mientras el resto de la casa estallaba en música, aplausos, flashes y frases empapadas de alegría espontánea, Cecilia se pegaba a mí.
Una sombra cálida.
Una mano que no temblaba.
Una respiración al ritmo de la mía.
Y decía. Decía como si cada frase fuera una piedra lanzada contra el muro de mi duda:
"Te amo."
"Siempre te amé."
"Incluso cuando dejaste de amarte."
"Incluso cuando pensaste que era una traidora."
"Incluso cuando quisiste morir."
La voz de ella no pedía respuesta.
Era un mantra, una verdad que sangraba despacio.
— "La mujer que viste en Venecia, con el italiano," empezó, apoyando los labios junto a mi oído, "no era yo. Nunca fui yo. Era una actriz. Beatrice, una chica joven, con peluca. Siempre estaba lejos, ¿te diste cuenta? Siempre desenfocada. Siempre detrás de un cristal o de un reflejo o con gente delante. Era para que no pudieras ver. Para que escapáramos antes de que sospecharas. Porque me conoces demasiado bien. Porque solo así la mentira podía doler lo suficiente para romperte — y reconstruirte."

Me quedé callado. No había otra forma de estar. Los aplausos al fondo sonaban como disparos amortiguados. Mi cabeza era un tribunal a cámara lenta.

— "La cinta," continuó ella, mirando el pastel en el centro de la mesa, esa reproducción dulce del infierno, "la hice yo. O mejor: la pedí yo. Montamos todo en Milán. No fue en Casablanca — lo de Anissa, solo era para engañarte. Pero todo lo que te dijeron es verdad. Juntamos partes de vídeos tuyos, nuestros, de ella... Mezclamos rostros, movimientos, tus miedos. La tecnología hizo el resto. Aquella mujer en la pantalla eras tú viendo lo que más temías: la pérdida total. La traición pura. La farsa con orgasmo. Era el regalo. El presente. La llave de tu caída. Pero también del renacimiento."

Quería levantarme. Lanzar la silla. Vomitarlo todo. Pero ella ya estaba frente a mí. Y sonreía con un amor que parecía antiguo. Eterno. Feroz.

— "El juicio en Venecia... nunca existió. Te detuvieron, sí. Pero porque quisimos que te detuvieran. Fue una puesta en escena. La sala... ni siquiera era de tribunal. Era una sala de conferencias alquilada justo al lado. Y no te diste cuenta. Porque estabas frágil. Porque estabas dentro del papel. Y los carabinieri... eran amigos. Deudas antiguas. Favores cruzados. Sabíamos que no podían retenerte más de dos días. Y no podían. Y no te retuvieron."

Los demás empezaron a hablar. Uno por uno. Paulo Pinto me contó que había contratado a los tipos de Lisboa, pero para que me pegaran despacio. Rui Madureira admitió que los pasaportes falsos los había conseguido él — un excliente suyo, que aún le debía dinero cuando lo sacó de la cárcel. Cláudia, con aire provocador, dijo que se había encargado del vídeo para la plataforma rusa, con ayuda de Cecilia. Y Hannah, siempre ella, me miró a los ojos y dijo: "Hasta el vino de Chiclana lo elegimos nosotros. Solo que tú no lo sabías."

Todo tenía sentido. Todo dolía. Todo gritaba la verdad que nunca quise aceptar: yo fui el autor — pero ellos fueron el texto. Yo di el tema. Ellos me dieron el infierno.

— "El arma," dije yo, casi en susurro. "Aquella pistola..."
— "Impreso en 3D," respondió Cecilia, con una sonrisa.
— "Nunca dispararía. El cargador no era funcional, aunque lo cargaste. Era solo el miedo. Solo tu miedo."

— "¿Y la paliza que me dieron en Barcelona?" pregunté, un poco cabreado. "Aquel que me robó..."

Se hizo silencio en la sala. Solo sonaba el "I Will Survive" de Gloria Gaynor al fondo.

Todos se miraron entre sí.

— "¿Robó? ¿Paliza?" preguntó Cecilia.

— "Sí. Me dieron una buena paliza en la Barceloneta. Me robaron. Me quitaron todo."

— "No fuimos nosotros. Eso debió ser de verdad," respondió Cecilia, sorprendida.

El pastel estaba allí. La cinta en *glacé*. Inscripción árabe impecable. Cinta dulce saliendo como un intestino simbólico. El cuchillo apoyado al lado. Cubiertos dispuestos como teclas de una vieja Olivetti. Una invitación a la escritura. O a la demencia.

Cogí el cuchillo. Una voz, no sé de quién, dijo: "Pide un deseo." Pero no pedí nada. Corté. El interior era de chocolate crudo, oscuro, casi sangre. El pastel olía a infancia.

El proyector proyectaba imágenes de nuestro viaje. Del "JUEGO". De mí. Huyendo. Buscando. Sufriendo. Escribiendo. Cecilia sonriendo — en Praga. La mujer de la estación — no ella. El piano — el figurante. Las ciudades — el escenario. Los rostros — la máscara.

Y aun así, entre todo eso, la voz de ella, bajito:

— "Nunca dejé de amarte. Ni cuando te odié por obligarme a hacer esto. Ni cuando lloré al verte llorar. Ni cuando quise rendirme y tú seguías escribiendo. Nunca. Nunca."

Se oía música. Pero la música tenía ruido. Frecuencias distorsionadas. Era la cinta. El sonido de la cinta VHS. El vídeo nunca murió. Estaba allí. Disfrazado en la pista de un *pop* postindustrial. Yo era el objetivo. Yo era el campo de pruebas. El ratón y el laberinto. La palabra y el punto final.

Me quedé allí. Con el pastel cortado. Las manos cubiertas de *glacé*. La sala giraba. Los amigos bailaban. Cecilia me abrazaba. Y en el fondo del pecho, una pregunta que no quería callar:

"¿Pero y si todo esto no es real?"

Quizá no lo fuera.

Quizá fuera otra capa más.

O quizá fuera, por fin, verdad.
Pero este libro...
Este libro no es de Leilac Leamas.
Ni de Mariangela.
Ni de Melita.
Este libro...
Lo firmo con mi nombre.
Porque es mío.
Y es de Cecilia.
Y no es una novela.
Es un cuerpo abierto.
Es un final. O un inicio.

FIN

Posfacio

No sé quién llegó hasta aquí, ni por qué. Tampoco sé si lo merecía. Pero sé que, si llegaron, no salen ilesos.

No hubo plan. Hubo rabia. Hubo amor. Hubo noches en que me mordí los propios dedos para no escribir esto. Hubo días en que deseé que la historia quedara atrapada en un disco externo roto, junto con todo lo que apenas recuerdo. Pero siempre volvió. Como reflujo. Como uña encarnada. Como vómito que sube en la oscuridad cuando crees que ya pasó.

El JUEGO no es una historia — es un golpe. No quise dar respuestas. Quise atrapar al lector entre una duda y una cicatriz.

En cierto momento, dejé de saber quién era el personaje y quién era yo. Los nombres se confundieron. Cecilia se me metió bajo la piel y ya no salió. Mariangela empezó como sombra y acabó durmiendo conmigo. Camilla ni existía, pero lloró sobre mis hombros. Cambié los dedos. Cambié la carne. Reescribí mi biografía con las letras de otros. Y, al final, fui yo quien quedó perdido dentro de la página. El cuerpo era mío, sí. ¿Pero los gestos? Los gestos ya tenían dueño.

La cinta — esa mierda — fue el espejo más cruel. No porque mostrara lo que dolía. Sino porque mostraba lo que yo quería ver, aun sabiendo que era falso. A veces la mentira se pega mejor a la piel que la verdad. Y nadie nos enseña a distinguir el calor del amor del calor de la manipulación.

Viví como un actor en una obra escrita cuyos personajes me conocían mejor que yo. Hubo un día en que entendí que no estaba escribiendo libros — estaba entrenando a las personas que me amaban para destruirme de la forma más convincente posible. Cecilia no me mató. Hizo peor. Me dio la ilusión de que todo era real, solo para obligarme a elegir: o la realidad cruda, o la ficción cómoda que me servía de útero. Fui cobarde. Elegí el dolor.

Pero ahora ya no escribo escondido. Ya no me llamo Leilac Leamas. Ya no escribo bajo disfraz, ni bajo efecto, ni para agradar a lectores que buscan redención donde solo hay carne desgarrada. Si alguien busca consuelo, que compre un libro de autoayuda. Este, no. Este es lo contrario de eso.

Aquí no hay lecciones. No hay moral. Solo hay una constatación sucia: el amor, si es realmente amor, tiene que sobrevivir a la puesta en escena. Tiene que sobrevivir al miedo, a la duda, a la cinta, a la sangre falsa, al tribunal simulado, al arma que no dispara, a la ausencia fingida. Tiene que sobrevivir al JUEGO — porque todos lo jugamos, incluso cuando juramos que somos diferentes.

El "Último Disfraz" fue el ensayo. Este fue el crimen.

Y por eso, ahora — y solo ahora, amigos míos (y enemigos también) — firmo con mi nombre verdadero.

Sin más mierdas.

Sin seudónimos.

Sin cortinas.

Sin trucos.

Sin "Leilac".

Solo yo.

***

Índice

Ella Llegó 13
    Chiclana de la Frontera, 07 de mayo de 2025 13

La Misión 19
    Tánger, 08 de mayo de 2025 19

Los Nombres Falsos 27
    Gibraltar, 09 de mayo de 2025 27

La Entrega 39
    Marsella, 10 de mayo de 2025 39

La Línea Roja 45
    Milán, 11 de mayo de 2025 45

La Noche y el Vidrio 53
    Viena, 12 de mayo de 2025 53

La Tienda 304 63
    Praga, 13 de mayo de 2025 63

Voces Superpuestas 75
    Berlín, 14 de mayo de 2025 75

Cipriani **85**
> Venecia, 15 de mayo de 2025 85

Juego de Interpretación de Papeles **95**
> Zúrich, 16 de mayo de 2025 95

La Caída en Bucle **103**
> Barcelona, 17 de mayo de 2025 103

El Laberinto Camorrista **115**
> Nápoles, 19 de mayo de 2025 115

Códigos **123**
> Venecia, 22 de mayo de 2025 123

El Juicio y la Fidelidad **135**
> Venecia, 25 de mayo de 2025 135

Don Pablo de los Libros **141**
> Lisboa, 27 de mayo de 2025 141

Memoria Prohibida **147**
> Estambul, 30 de mayo de 2025 147

La Casa Sin Espejos **153**
> Casablanca, 04 de junio de 2025 153

El Cumpleaños de la Hermana **159**
> Vila Nova de Gaia, 09 de junio de 2025 159

La Casa Dentro del Libro **163**
> Scopello, 10 de junio de 2025 163

El JUEGO Reescrito **167**
> Scopello, 11 de junio de 2025 167

La Depresión del Amor **173**
 Scopello, 16 de junio de 2025 173

Fin del Juego.. **181**
 Scopello, 17 de junio de 2025 181

A pesar de las apariencias —y de ciertos episodios que tal vez hayan ocurrido, o parecido ocurrir, o hayan sido deseados en secreto por alguien que conozco poco o demasiado bien— este es un libro de ficción. En serio.

Cualquier semejanza con personas reales, vivas, muertas, desaparecidas voluntariamente o haciendo un detox espiritual en Bali, es pura coincidencia o un golpe de suerte del subconsciente. Las figuras públicas aparecen porque, en fin, están acostumbradas a eso y cobran por ello.

Las opiniones expresadas pertenecen a los personajes. Algunas son estúpidas, otras peligrosamente lúcidas. Ninguna me representa (al menos hasta que llegue el proceso).

Sí, hay nombres de ciudades, instituciones, empresas, agencias y demás. Sí, hay descripciones detalladas de lugares reales. Y sí, todo fue manipulado con gusto. El espacio fue retorcido, el tiempo exprimido, los mapas doblados como sábanas mal lavadas. Todo en nombre de la conveniencia narrativa —esa tirana.

Así que no me vengan con fact-checks. Esto no es un informe. Es literatura. O un engaño bien montado. O un JUEGO.

Este libro se ha producido en conformidad con las directrices de la UE sobre el Reglamento General de Seguridad de los Productos (GPSR).

El Reglamento General de Seguridad de los Productos es el nuevo marco de la Unión Europea para garantizar la seguridad de todos los productos de consumo, incluidos los libros.

Este libro ha sido impreso por Libri Plureos GmbH. La imprenta ha emitido certificados de seguridad para los materiales utilizados, como tinta, papel y pegamento.

El identificador del producto es 9789403803463

El autor es responsable del contenido del libro y lo ha hecho producir por Bookmundo.

Si tienes alguna pregunta sobre la seguridad del producto, no dudes en ponerte en contacto con nosotros.

Bookmundo
Delftsestraat 33
3013AE Rotterdam
Países Bajos
info@bookmundo.com